Hermann Löns
Die Häuser von Ohlenhof

Hermann Löns

Werke

Die Häuser von Ohlenhof

Der Roman eines Dorfes

Adolf Sponholtz Verlag
Hannover/Hameln

Die Deutsche Bibliothek – CIP-Einheitsaufnahme

Löns, Hermann:
Werke / Hermann Löns. – Hameln ; Hannover : Sponholtz.
NE : Löns, Hermann : [Sammlung]

Die Häuser von Ohlenhof : Der Roman eines Dorfes. – 1994
ISBN 3-8766-304-4 Efal.
ISBN 3-8766-334-6 Gewebe
ISBN 3-8766-364-8 Ldr.

Adolf Sponholtz Verlag, Hameln/Hannover 1994
Satz: Richarz Publikations-Service
Gesamtherstellung: Ebner Ulm
Printed in Germany
ISBN 3-87766-304-4 Efalin
ISBN 3-87766-334-6 Leinen
ISBN 3-87766-364-8 Leder

INHALT

DER NEUE KRUG

Gleich am Eingange des Dorfes hinter der Brücke zur linken Hand liegt, von vier schönen alten Linden halb verdeckt, ein großes, rotes, strohgedecktes Haus, der neue Krug genannt.

Es ist schon fast ein Mandel Jahre her, daß dort Schankwirtschaft betrieben wurde, aber das Haus heißt heutigentags noch der neue Krug. Es ist jetzt Eigentum des Tischlers Bünger.

Als der vorvorige Besitzer der Wirtschaft, der Krüger Tormann, und seine Mutter, Frau, Sohn und zwei Töchter hintereinander am Typhus wegstarben und weitläufige Verwandte das ganze Wesen erbten, kaufte ein Mann aus der Dannenberger Gegend namens Peter Lemke das Haus und den Garten mit etwas Land.

Es war ein freundlicher Mann, und so, wie er, war auch seine hübsche, dicke Frau. Das Ehepaar führte das Geschäft in der alten Weise weiter, hielt sich vorsichtig zurück, bis zwischen ihm und den Bauern von selber ein freundschaftliches Verhältnis herauskam, und in fünf Jahren war es, als wenn Lemkes zu dem alten Stamme gehört hätten.

Die Bauern waren mit ihrem neuen Krüger zufrieden, zumal es im Blauen Schimmel von Tag zu Tag ungemütlicher wurde. Ein vernünftiges Glas Bier gab es bei Schimmelberg nicht, immer nur Flaschenbier nach der alten Weise, der Schnaps war meist warm, und die Zigarren scheußlich. Ludjen Schimmelberg ließ es seine Gäste zu sehr merken, daß er die Schankwirtschaft nur betrieb, weil er sie erheiratet hatte, und daß ihm an seiner Ackerwirtschaft allein etwas lag; und seine Frauensleut hatten mit dem Vieh mehr als genug zu tun, so daß sie sich um die Gäste auch nicht viel kümmerten.

Der neue Krüger kam langsam, aber sicher vorwärts. Er paßte scharf auf, und sah er, daß sich etwas für seine Wirtschaft oder sein Geschäft lohnte, so nahm er es an.

Vorsichtig gewann er den Lehrer für die Gründung eines Gesangvereins; das gab einen Abend im Monat eine volle Gaststube mehr. Er steckte sich hinter den Schmied, der für alles zu haben war, was ihn vom Blasebalg abzog, und der brachte einen Kriegerverein zusammen. Das brachte wieder einen Abend im Monat eine volle Gaststube. Er stellte ein Musikinstrument auf, damit sich das junge Volk Sonntags die neuesten Walzer vorspielen lassen konnte, und schließlich baute er sogar einen Saal.

Da er nach Wendenart in allem langsam und bedächtig vorging, stieß er niemand vor den Kopf. Um zehn Uhr war in der Woche für die Einheimischen Feierabend; darauf hielt er strenge; die Jäger und andere Fremde durften bis elf Uhr aufsitzen. Wenn Kordes, der Schmied, seinen tollen Tag hatte, oder wenn der wilde Meyer aus Krusenhagen vorfuhr und mit dem Gelde um sich warf, so sorgte er dafür, daß es kein Ärgernis gab. Er behandelte alle Leute vom Landrat und Pastor bis zum Häusling und Knecht gleich freundlich, wußte aber, durch kleine Abstufungen in seinem Benehmen das richtige Maß zu halten; denn er war früher herrschaftlicher Diener gewesen. Waren gab er an sichere Leute auf Borg. Getränke an niemand. Er protzte nie, aber wenn es darauf ankam, knauserte er auch nicht.

Mit der Zeit hob sich sein Geschäft so sehr, daß das alte Haus nicht mehr genügte. Da er als sicherer Mann galt, wurde es ihm nicht schwer, sich von Kassen, dem Müller, und von dem Vollmeier Hillmann den Rest des Baugeldes zu verschaffen. Er riß das alte, baufällige Haus ab und stellte einen stattlichen Neubau hin, der eine freundliche Gaststube, ein Vereinszimmer, einen hübschen Laden und im Dachgeschosse drei Fremdenzimmer enthielt, die er sofort an Sommerfrischler vermieten konnte. Zwei Jahre darauf getraute er sich, einen großen neuen Saal zu bauen. Auch hierzu gab ihm Hillmann eine Hypothek. Einer der Jagdfreunde des Pächters der Gemeindejagd war Schriftsteller. Dieser Herr verbrachte seinen ganzen Urlaub in Ohlenhof, und Lemke machte es ihm so gemütlich, daß der Gast durch einige Schilderungen, die in großen Zeitungen erschienen, viel Ausflügler und Sommergäste in das Dorf führte, darunter einen Maler, der seine ganze Schule, über zwanzig Menschen, mitbrachte, die nun drei Monate im Dorfe wohnten und bei Lemke Mittag aßen. Da es alles nette, sinnige Leute waren, hatten die Bauern ihre Freude an ihnen.

Eines Tages, als Lemke in aller Frühe an dem Kanal entlang ging, um nach seinen Aalkörben zu sehen, hörte er am herrschaftlichen Holz einen Schuß fallen und sah nach einer Weile den Schmied Kordes, der die kleine Schimmelbergsche Eigenjagd in Pacht hatte, mit einem Rehbock im Rucksacke durch das Bruch kommen. Als Kordes schon dicht bei dem Dorfe war, kam der Kätner Oltmann aus dem herrschaftlichen Holze, und als der verschwunden war, kam der herrschaftliche Förster auf seinem Rade den Heidweg heruntergefahren, erkundigte sich danach, wie viel Aale Lemke gefangen habe, und meinte, nachdem über dieses und das geredet war: „Na, Kordes hat sich wohl heute morgen einen Bock geholt!" Lemke dachte nichts Arges und sagte, daß der Schmied mit einem Bocke auf dem Rücken durch das Bruch gekommen sei, und als der Förster weiter fragte, bestätigte er ihm auch, daß der andere Mann Oltmann gewesen sei. Eine Stunde später fuhr der Gendarm aus Krusenhagen an dem neuen Kruge vorüber, und bald darauf hörte Lemke, daß der Gendarm in Begleitung des Försters bei Kordes Haussuchung gehalten und den Bock beschlagnahmt hätte.

Lemke wurde das Herz schwer, denn ihm war so, als habe er eine große Dummheit gemacht, daß er dem Förster seine Beobachtung offenbart hatte. Er hatte einmal so etwas gehört, als nähme es der Schmied mit der Grenze nicht so genau, trage vielmehr den Grenzstein in der Tasche, aber er hatte nicht weiter darauf zugeschlagen. Als nun der Gendarm und der Gutsförster bei ihm eintraten und ihn baten, ob sie ihn nicht einen Augenblick allein sprechen könnten, wurde er ganz blaß und führte sie schnell in das Vereinszimmer; denn in der Gaststube saß der Kätner Meyer, und was der hörte, das hörte auch Schmied Kordes, denn die beiden waren Vettern. Der Gendarm stellte ein kurzes Verhör mit dem Krüger an, und so sehr sich dieser auch wand, er mußte angeben, wo er den Schmied gesehen hatte. Dabei fiel es ihm ein, und sein Herz wurde ihm darüber noch schwerer, daß das Stück Bruch vor dem herrschaftlichen Holze nicht mehr zu der Schimmelbergschen Jagd gehöre, daß Kordes also gewildert hatte.

Er sollte bald merken, daß ihn seine Ahnung nicht betrogen hatte. Zuerst fiel es ihm auf, daß Meyer sich nicht mehr sehen ließ, denn der kam sonst jeden Abend eine Stunde. Auch der Schmied ließ sich nicht sehen, sein bester Gast. Die anderen Stammgäste kamen wohl, aber sie blieben nur kurze Zeit und verhielten sich recht kühl, wie es dem Krüger deuchte. Am nächsten Tage um drei Uhr, zu einer ganz ungewohnten Zeit, erschien der Müller, saß lange bei seinem Schnapse, sprach dann von der Heuernte, vom Wetter, von seinem Aalfang und von dem Schaden, den ihm die Rehe in seiner Besamung getan hätten, und kam schließlich auch auf den beschlagnahmten Rehbock, wobei er so bei Wege meinte, man könne auch zu scharfe Augen haben, und es wäre schlimm, daß bei einem Manne aus dem Dorfe eine Haussuchung vorgenommen worden sei. Übigens könne man vom Kanal aus nicht sehen, ob der Schmied aus dem herrschaftlichen Bruche gekommen sei. Dabei sah er den Wirt scharf an, was sonst nicht seine Art war, denn meistenteils sah Kassen mit kleinen Augen vor sich hin. So wie Kassen redeten in den nächsten Tagen die anderen gelegentlich auch, denn wenn der Schmied auch ein leichter Hund war, er stammte aus einer alten Familie und hatte große Freundschaft im Dorfe.

Lemke nahm sich nun auch vor, seine Aussage möglichst so einzurichten, daß sie zugunsten des Schmiedes ausfalle. Er atmete auf, als alle seine Gäste wieder antraten, sogar der Schmied kam wieder, gab viel aus, schimpfte auf den Förster, der sich im Morgennebel versehen hätte, und meinte, Lemke hätte doch genau sehen können, daß er mindestens hundert Schritt von der Grenze weggeblieben sei. Schließlich glaubte der Krüger das selber. Aber als er auf dem Gerichte vernommen wurde, und der Förster einen genauen Plan des Tatortes vorlegte, da mußte er zugeben, daß Kordes hinter und nicht vor den Ellernbüschen über das Bruch gekommen sei. Vier Wochen hinterher fand eine Ortsbesichtigung statt, und in ihr mußte der Krüger trotz aller Ausflüchte und aller Hinweise auf den starken Nebel und sein Augenleiden zugeben, daß er den Schmied hinter den Ellerbüschen hatte gehen sehen.

Sowohl nach der Vernehmung wie auch nach der Ortsbesichtigung konnte Lemke die Nacht nicht schlafen. Er merkte es auch sofort, wie die Stimmung im Dorfe war. Der Verkehr in der Gaststube ließ nach, im Laden wurde weniger gekauft, man grüßte ihn mit nachlässiger Kälte, übersah ihn auch wohl ganz.

Als der Tag der Aburteilung herankam, war ihm sehr elend zumute. Es regnete, und der Wind pfiff, und so kam er naß und verfroren auf dem Gerichte an. Der Schmied war in bester Laune; er scherzte und versuchte sogar ein harmloses Gespräch mit dem Gutsförster und dem Gendarm, hatte aber bei beiden kein Glück damit. Sein Vetter, der Kätner Meyer, stand gedrückt neben ihm. Er war ebenfalls angeklagt. Ab und zu warf er dem Wirte einen prüfenden Blick zu. Endlich löste er sich von der Wand, trat an ihn heran und meinte leise, nachdem er erst von dem Wetter geredet hatte, daß das Schwören eine gefährliche Geschichte sei, und man tue am besten und lasse die Hand ganz davon. Und dann sprach er laut von den Schweinepreisen.

Lemke verstand nicht, was Meyer eigentlich meinte, und als ihn der Richter aufforderte, seinen Zeugeneid abzulegen, tat er das, ohne zu wissen, was er tat. Alle seine Versuche, seine früheren Aussagen abzuschwächen, fielen unter dem Verhöre des Richters in das

Wasser. Eine Ohnmacht aber kam ihn an, denn er hatte vor Aufregung so gut wie nichts gegessen, als er den Urteilsantrag hörte. Wie im Traum, wie aus weiter Ferne vernahm er, daß der Vertreter der Staatsgewalt von bandenmäßigem Wilddiebstahle sprach und Gefangnisstrafe beantragte, und als das Gericht dem Antrage stattgab, da war ihm zumute, als wäre er selber, und nicht der Schmied, abgeurteilt worden.

Er war es auch. Auf dem Flure gingen die beiden Verurteilten an ihm vorbei, ohne ihn zu grüßen. Der Förster hatte das Urteil nach dem Gute telephoniert, und von da war es eher nach Ohlenhof gekommen als der Krüger. Als er über die Brücke ging, begegnete ihm Arbeiter Müller, der bei ihm einen ganz hübschen Posten Schulden hatte. Aber er grüßte so nachlässig wieder, als läge der Fall umgekehrt. Am nächsten Tage war Sonnabend; ein paar Bauernsöhne aus Moordorf, die zu Rad nach Krusenhagen wollten, tranken einige Glas Bier; sie sagten, auf der Rückfahrt sprächen sie wieder vor. Am Nachmittage aber fuhren sie vorbei, ohne einzukehren. Unterdessen kamen Lemkes Kinder weinend aus der Schule. Hillmanns Jungen hatten sie ausgeschimpft. Das war noch niemals vorgekommen. Späterhin fütterte ein Mann aus Horst, der Torf nach der Stadt gefahren hatte, seine Pferde vor dem Kruge und trank einen Schnaps. Gegen Abend kam der Gemeindehirt auf eine Viertelstunde. Sonst kam niemand als ein paar Kinder, die Petroleum und Streichhölzer auf Borg nahmen.

Am Sonntagmorgen ließen sich nur auswärtige Radfahrer im neuen Kruge sehen. Nachmittags kam Lemkes Kleinmagd und sagte: im Blauen Schimmel sei Bauerntag; alle Vollmeier seien mit ihren langen Stöcken in den alten Krug gegangen und die Halbmeier und Kätner und die Brinksitzer und Anbauern auch, und sogar von Krusenhagen und Moordorf und Horst und Howe und Fladder wären welche dabei. Es wäre wegen der Abgrenzung im Gemeinheitsmoor, habe Ludewigs Knecht gesagt. Den Krüger überlief es kalt; er wußte, um was es sich handelte. Nicht umsonst hatte Hillmann, als er zur Kirche fuhr, steif an der Wirtschaft vorbeigesehen, obwohl Lemke am offenen Fenster stand und grüßte. Am Abend blieb der Krug leer.

Der Krüger versuchte, sich Trost einzureden. Mit der Zeit, meinte er, würde sich alles wieder zuziehen. Aber es blieb in den nächsten Wochen, wie es war. Die Kinder weinten, wenn sie zur Schule sollten; die anderen Kinder gingen ihnen aus dem Wege oder ärgerten sie. Lemke sprach mit dem Lehrer darüber; der zuckte die Achseln und meinte: „Das ist ein Übergang." Aber es war ein Übergang zum Schlimmen. Erst kündigte die kleine Magd den Dienst auf, dann die Großmagd. Beim Tanzfest in Moordorf hatte kein Mensch mit ihnen getanzt. Der Gesangverein ließ die Noten abholen; in Lemkes Saal sei keine Akustik, hieß es. Der Kriegerverein blieb fort und ging zu Schimmelberg, weil der drei Feldzüge mitgemacht habe und Lemke keinen.

Lemke versuchte alles, um sich zu behaupten. Er sprach hier und da vor, aber er stieß auf kalte Gesichter und kühle Antworten. Er ging sogar zu dem Kätner Meyer und stellte ihm vor, daß er doch nicht anders habe handeln können. Meyer bot ihm noch nicht einmal einen Stuhl an und kramte in der Dönze herum. Beim Schmied fiel es nicht anders aus. Kordes spielte den unschuldig Verurteilten und warf dabei hin, wie er dazu käme, sein Geld dahin zu tragen, von wo sein Unglück gekommen wäre. Vollmeier Hillmann hörte ihn kaum an und hatte fortwährend den Knechten zu befehlen, und als Lemke gerade gehen wollte, sagte er ihm: „Daß ich es nicht vergesse: ich brauche dringend bar Geld und muß dir die Hypothek kündigen." Und nach acht Tagen kündigte ihm der Müller die Hypothek auch auf.

Bis zum Frühjahr schleppte sich der Krüger noch hin. Dann brach er zusammen. Eine Erkältung warf ihn auf das Bett. Seine Frau lief nach Krusenhagen zum Pastor und bat ihn, die Bauern umzustimmen. Das versuchte der Geistliche auch. Er lud am nächsten

Sonntag die Ohlenhofer Vollmeier und den Müller nach der Kirche zu einem Glase Wein bei sich ein. Das war eine große Ehre, denn der Pastor war gerade so sparsam mit seinen Gunstbezeugungen wie die Bauern selber. Aber als er vorsichtig und von hinten herum, denn er war selbst Bauernsohn, mit seinem Anliegen herauskam, da wurden die Gesichter ernst und die Augen starr, und Dies sagte: „Herr Pastor, der Mann bildet sich was ein. Wir haben ihm die ganze Zeit Verdienst gegeben und Schimmelberg ganz abseits liegen lassen. Das ging nicht so weiter. Und das mit meiner Hypothek? Ja, Herr Pastor, ich habe meine Tochter freien lassen, und wenn das junge Volk freit, muß das alte Haare lassen." Der Müller aber sagte: „Und ich habe bauen müssen, Herr Pastor, denn daß meine alte Mühle abgebrannt ist, das wissen Sie wohl. Und bauen kostet Geld. Und so dicke habe ich es nicht." Und Lohmann sagte: „Überhaupt alle die Sachen, die Lemke angab, das mit dem Gesangverein und dem Kriegerverein, das bringt das junge Volk von der Arbeit und von der Religion ab." Und Sweer stotterte: „Ja, und dann, Heheherr Pastor, und all das fffremde Vvvolk, das er uns in das Dorf schleppt, ist das wohl was? Diese Malersleute? Was sollen wir damit? Sie sind ja soweit ganz nett, aber sie bringen zu viel Unruhe in das Dorf. Wwwir wwwollen fffür uns bleiben." Und Dies knurrte: „Sweer hat recht. All diese feinen Herren und Fräuleins setzen unsern Kindern Unsinn in den Kopf. Wir brauchen die Leute nicht; wir leben so. Es wäre besser gewesen, dieser Lemke wäre geblieben, wo er war, für uns war es besser und für ihn. Alle diese Witze mit nackigt baden am hellichten Tage, wie die Malers das betreiben, sie denken sich nichts dabei, aber wir sind das nicht gewohnt und nehmen ein Ärgernis daran. Nicht, daß ich sagen will, daß es nicht ordentliche Leute sind, aber sie sind von anderer Art. Und wir wollen unsere Art hochhalten."

„Und dann," brachte Lohmann vor, „ist das wohl anständig, am Sonntag in der Kirchzeit das alte dummerhaftige Musikding gehn zu lassen? Da sitzen dann so ein paar Hahnjöckels von Radfahrern mit ihrer verrückten Kleedasche und singen unter der Kirche Schelmenlieder und prosten die Leute an, die aus der Kirche kommen. Wissen Sie, Herr Pastor, Sie sollten am ersten froh sein, wenn der Mann wieder aus dem Dorfe kommt. Früher hatte ich das ganze junge Volk Sonntag nachmittag auf meiner Deele; das machte mir Freude, wenn sie aus Harms seinem Buche vorlasen und geistliche Lieder sangen. Und jetzt? Wo sind sie? Ja, heute ist Gesangverein im Kruge oder Kriegerverein, und einen Radfahrerverein wollten sie auch gründen. Und an alledem ist der fremde Mann schuld. Der hat uns schön eingewickelt. Es ist ein wahrer Segen, daß sich die Geschichte mit Kordes begeben hat; denn auf diese Art sind wir dahintergekommen, wie weit wir schon waren. An e i n e m Wirt haben wir genug. Bei Schimmelberg war es langweilig, das stimmt. Aber schadet das? Nein, sage ich. Lemke ist gewiß ein ordentlicher Mann, alles, was recht ist, aber er ist hier übrig. Er will von seiner Wirtschaft und von seinem Laden leben, und das kostet uns unser Geld. Ich habe es doch an mir selber gemerkt, wie es geht. Früher, wann ging ich da in den Krug? Alle Monate einmal. Und jetzt fehlt mir was, wenn ich nicht jede Woche zweimal da war. Und von dem Bauer lernt es der Knecht, und nachher vertut so'n Junge sein sauer verdientes Geld, hört zu viel von der Stadt reden, und wir sitzen hinterher da und können unser Land zu Wiesen machen, weil wir keine Leute haben. So ist es, Herr Pastor, und nicht anders. Jeder ist sich selbst der nächste, und wir sind uns zu gut dazu, der Mist zu sein, mit dem Lemke seinen Acker düngt."

„Das stimmt," fiel der Müller ein und schnitt dem Pastor das Wort ab, „das stimmt ganz genau. Lohmann hat recht. Und dann noch eins, Herr Pastor: wohin das führt, das haben wir ja in Hülsingen erlebt. Ist das noch ein Dorf? Ein Dorf nach alter Art? Das ist es nicht! Eine Sommerfrische für die Stadtjapper ist es geworden. Ob der Bauer will oder nicht, er muß sich auf das Abvermieten legen und hat dann allerlei fremde Völker im Hause, die ihm im Wege herumstehn. Und ohne Liebschaften geht es nicht ab. Natürlich, wenn da solche feinen Herren aus der Stadt kommen und machen die Mädchen verrückt, dann ist der Unfrieden im Dorfe da. Warum sind in Hülsingen keine Knechte mehr zu kriegen? Weil keine Mädchen da sind. Und warum sind keine Mädchen da? Die eine ist so einem jungen Kerl in die Stadt nachgelaufen, und die andern haben die städtischen Herrschaften weggemietet. Und so wäre es bei uns auch gekommen. Erst das Dorf, und dann der Wirt, aber nicht umgekehrt. Und nun seien Sie auch vielmals bedankt, Herr Pastor, und ich und meine Frau würden uns sehr freuen, wenn Sie uns mit Ihrer lieben Frau bald besuchen würden. Und nun ist es wohl Zeit, daß wir gehn."

Sie standen alle auf, die Bauern von Ohlenhof, drückten dem Geistlichen die Hand und schoben aus der Tür hinaus. Der Pastor machte ein ernstes Gesicht, und als seine Frau, mit der Frau Lemke den Fall besprochen hatte, ihn fragte, wie die Sache läge, sagte er: „Der Mann ist für Ohlenhof tot. Ich hätte nicht geglaubt, daß es noch eine Feme gäbe, und ich bin doch selber Bauernsohn, wenn auch aus dem Stifte Hildesheim. Es ist hart für Lemkes; es sind ordentliche Leute. Aber die Ohlenhof-Bauern haben recht: erst kommt das Dorf und dann der Wirt. Er muß sehn, daß er die Wirtschaft los wird. Hier kommt er doch nicht mehr weiter."

Lemke mußte verkaufen. Aber ein Wirt, der ihm Haus und Laden preiswert abkaufte, fand er nicht. Jeder Kauflustige fragte im Dorfe umher, wie die Sache stünde, und jeder zog ab, wenn der Vorsteher im sagte: „Eine zweite Wirtschaft brauchen wir nicht. Und wenn der Wirt auch die Konzession bekommt, wir gehen doch nicht hin." So kam es schließlich zum Zwangsverkaufe. Mit dem Reste seiner Habe zog Lemke nach Hannover und übernahm nach langem Suchen eine elende Wirtschaft, starb aber schon nach zwei Jahren, wie die Lästerzungen sagen, am Schnaps, nach andern Leuten an gebrochenem Herzen. Was aus seiner Frau und den Kindern geworden ist, weiß man in Ohlenhof nicht.

W. Thiele 82

TANTE JANNA

Schräg gegenüber dem neuen Kruge auf der anderen Seite der Landstraße steht ein Haus, das ungefähr so aussieht, wie die Brinksitzerhäuser von Ohlenhof, aber in mancher Hinsicht doch anders.

Denn an seiner linken Seite sind Geflügelställe angebaut, an der rechten ein Hundezwinger, und hinter dem Hause befindet sich ein Anbau mit großen, meist mehr oder minder verhängten Fenstern und Oberlicht. Sodann ist das Anwesen ganz und gar von sehr ordentlich gehaltenen Gemüsebeeten umgeben, zwischen denen Zwergobstbäume und regelmäßig geschnittene Beerensträucher stehen. Die Wände des Hauses sind mit Spalierobst bezogen und mit Nistkästen behängt, und nach der Straße zu sehen viele bunte Blumen über den Zaun.

Das Haus, nach dem jeder Fremde, der nach Ohlenhof kommt, hinsehen muß, und die Einheimischen nicht minder, gehört einer alten Jungfer, die im Dorfe allgemein Tante Janna genannt wird. Daß sie ein Freifräulein von Rullenbeck ist, wissen nicht viele Leute im Orte, und sie selber gibt sich alle Mühe, es zu vergessen und so wenig wie möglich an die Zeit zu denken, da sie als solches vor der Welt dastand. Sie ist jetzt Tante Janna und will weiter nichts mehr sein.

Es gab einst eine Zeit, da trug sie das Haar hoch über dem Kopfe, hatte Perlen um den Hals und ließ sich ihre Hände, an deren Fingern Diamanten blitzten, küssen. Heute würde das keinem Menschen mehr einfallen, denn Tante Jannas Finger sind hart und rauh und braun, und die Nägel daran sind nicht anders, wie sie die Frauenleute auf dem Lande gemeiniglich aufzuweisen haben. Aber das ist ihr gleichgültig; sie ist nicht mehr das gnädige Fräulein von Rullenbeck, sie ist Tante Janna und weiter nichts.

Einst wirkte sie in der großen Welt, ohne ihr Glück zu finden. Nun lebt sie in einer kleinen Welt, und wenn die ihr auch das Glück nicht brachte, so gab sie ihr doch Ruhe und Zufriedenheit. Sie hat soviel, daß sie auskommen kann, und noch mehr sogar; denn sie besitzt die Achtung der großen Leute und die Liebe der Kinder. Wo sie sich blicken läßt, da rennt das kleine Volk hinter ihr her. Das kommt vielleicht davon, daß sie ein bitteres Geschick hinter sich hat und dadurch um so gutherziger geworden ist, und daß sie so schöne blaue Augen hat, die genau so geradeaus in die Welt sehen, wie die von Kindern, die noch nicht wissen, daß die Welt voller Arglist und Tücke ist, oder wie die von ganz starken Männern, die keine Menschenfurcht kennen.

Stadtleute, die ihr begegnen, wissen nicht, was sie aus der langen, hageren Frau mit dem Lodenhute auf den grauen Haaren machen sollen und sehen sich meist lange nach der merkwürdigen Radfahrerin um, die mit dem vollgepackten Rucksacke auf dem Kreuz den Fußweg dahinfliegt. Ihr ist das gleichgültig. Sie weiß, daß sie manchmal ungefähr wie eine Vogelscheuche aussieht, aber sie weiß auch, daß die Leute, die sie kennen, darüber längst hinaus sind. Zuhause trägt sie sich meist ebenso, wie die Frauen im Dorfe, in Blauleinen oder Beiderwand, und nur, wenn sie mit dem Diesbauern zur Kirche fährt, zieht sie sich schwarz an, wie das in Ohlenhof gebräuchlich ist.

Ab und zu geht sie in ihr bestes Zimmer, an dessen Wänden allerlei Bilder von vornehmen Leuten hängen und ein großer buntgemalter Stammbaum unter Glas und Rahmen, und wo auf den eingelegten Schränken, Tischen und Schiebetruhen allerlei Andenken an vergangene Zeiten stehen. Sie staubt Stück um Stück ab, läßt dann die Fenstervorhänge wieder herunter, schließt die Tür zu und geht in die Küche, um nach dem Essen zu sehen, oder in den Hof, um ihr Geflügel oder die Ziege zu füttern und die Hunde, lauter hirschrote Teckel, ihre Lieblinge, einer schöner als der andere, die sich Jahr für Jahr auf den Ausstellungen gute Preise holen. Niemals verkauft sie aber einen Hund; alle, die sie nicht behalten kann, verschenkt sie, am liebsten an Förster und Jagdaufseher. Wer aber von ihr einen Hund bekommt, der muß ihr hoch und heilig versprechen, daß er ihn nicht weiter gibt.

Als sie zuerst im Dorf auftauchte und im neuen Kruge wohnte, grienten die Leute von Ohlenhof heimlich hinter ihr her; denn sie war das erste Stadtfräulein, das sich für längere Zeit da aufhielt, und es kam ihnen sonderbar vor, daß eine Stadtdame mit langem Rock und Blumenhut durch die Heide strolchte oder in die Ställe kam und den Mädchen beim Melken zusah. Als ihr dann der Wirt vom neuen Kruge das Grundstück jenseits der Straße verkaufte und sie dort zu bauen anfing, schüttelte man allgemein den Kopf über sie und munkelte, sie wäre nicht recht gescheit.

Mit der Weile aber gewöhnte man sich an sie, zumal sie sich um keinen Menschen kümmerte, mit dem Gärtner aus Krusenhagen ihr Besitztum hübsch in Ordnung brachte und allen Leute zeigte, daß sie ihr Leben für sich haben wolle. Außerdem half sie überall, wo Not war. Wenn jemand in der hillen Zeit krank lag, so bot sie sich von selbst zur Pflege an, fuhr auch bei Nacht und Nebel mit dem Rade zum Doktor und Apotheker; denn außer ihr hatte damals noch keiner ein Rad im Dorfe. Auch ließ sie sich, wenn die kleinen Leute auf dem Felde zu tun hatten, die Kinder bringen, behütete sie und brachte ihnen allerlei nützliche Dinge bei oder lehrte sie hübsche Spiele. Davon bekam sie mit den Jahren den Namen Tante Janna.

Weiter will sie auch nichts sein. Sie denkt wohl noch einmal an die Zeit, da hübsche lange Leutnants vor ihr die Hacken zusammennahmen und sich auf ihre rosenroten und blitzblanken Nägel hinunterbeugten; aber sie lächelt dabei und empfindet keine Bitterkeit in ihrem Herzen, wenn sie auf ihre Hände sieht, die braun und dürr sind und verarbeitete Nägel haben. Sie ist über das Leben, das hinter ihr liegt, hinaus. Die Lohörster Baronin besucht sie ab und zu und ladet sie auch oft ein, aber nur, wenn auf Lohorst keine Gäste sind, oder höchstens eine von den Wienhäusener Klosterdamen. Denn sonst macht Tante Janna sofort kehrt, setzt sich auf ihr Rad und flitzt davon. Sie will von der Welt nichts mehr wissen; sie hat genug davon.

Es wurde einmal auf Lohorst erzählt, ein Prinz sei in sie verliebt gewesen, als sie bei dessen Schwester Hofdame war, und deswegen habe sie ihre Stellung aufgeben müssen. Sie weiß, daß man das sagt, und sie lächelt darüber. Sie hat etwas erlebt, das viel trauriger war. Ihr Vater hatte eine hohe Stellung bei Hofe. Da er nicht viel Vermögen besaß, ließ er sich zu Geldgeschäften verführen, die er nicht übersehen konnte, verlor alles, was er hatte und noch mehr, und nahm sich das so zu Herzen, daß er Hand an sich legte. Sein einziges Kind blieb mit einem kleinen Vermögen, das es von der längst verstorbenen Mutter geerbt hatte, allein in der Welt zurück, denn alle die guten Freunde und Bekannten hielten sich von ihm fern, auch der Mensch, den es von Herzen lieb hatte, der aber zu weich war und zu ängstlich, um bei ihm zu bleiben, und der es schließlich auch nicht konnte, weil er in seiner Stellung eine vermögende Frau nötig hatte. Da warf Janna von Rullenbeck alles hinter sich, war erst lange Krankenschwester und ging schließlich nach Ohlenhof, wo sie vor Jahren einmal mit dem Wagen gehalten hatte, und von wo sie eine freundliche Erinnerung bei sich trug.

Nun lebt sie schon seit Jahren im Dorfe, hat viele Leute zu Freunden und keinen Feind. Im allgemeinen hält sie sich für sich selber und geht davon nur ab, wenn sie helfen kann, sei es, daß es sich um eine Wöchnerin handelt, die zu arm ist, um die rechte Pflege haben zu können, oder um kranke oder anderswie unglückliche Menschen.

Näheren Verkehr unterhält sie eigentlich nur mit den Leuten vom Dieshofe, und es ist sonderbar anzusehen, wie der Diesbauer, der vor keinem Menschen zuerst den Kopf blank kriegen kann, noch nicht einmal vor dem Pastor und dem Landrat, sie immer mit dem Hute in der Hand begrüßt, und meist bei ihr stehen bleibt und ein Weilchen mit ihr schnackt, obzwar er sonst seine Worte ebenso ungern auszugeben pflegt wie sein Bargeld.

Alle die Leute aber, denen das Leben einen Stoß gegen das Herz gegeben hat, so daß sie hart und kalt oder morsch und welk werden mußten, weiß Tante Janna so zu nehmen, daß sie vor ihr auftauen, so Doris Amhorst, die durch ein scharfes Wort Mann und Kind verlor, Ohm Hein, dem die Sehnsucht nach der hohen Schule den Verstand aus der Reihe brachte, Vetter Philipp, der des Dorfes Spott ist, weil er bei seinen fünfzig Jahren sich immer noch nach einer jungen glatten Frau umsieht, Helmbrechts Vater, der an nichts mehr denkt, als an den Kirchhof in Krusenhagen, auf dem seine Erna liegt, und sogar Lütkensweer, den alle Männer im Dorfe von der Seite ansehen. Sie ist eben Tante Janna, auch für die armseligsten und verachtetsten Menschen im Dorfe, und deswegen scheut sie sich durchaus nicht, mit Sliekenmutter, der Hexe, auf offener Straße einen kleinen Klönschnack zu halten. Sie bringt es sogar fertig, daß Just Rust, der mit dem ganzen Dorfe auf Mord und Tod steht, ihr die Tageszeit bietet; und wenn Schneidersjohann, der Mann mit der ewigen Angst in den frommen Augen, ihr begegnet, so sieht er eine Weile weniger verhärmt aus. Man sagt ihr auch nach, sie sei etwas schuld daran, daß Hermine Beckmann sich wieder zu ihrem Herrgott zurückgefunden habe. Und Heinrich Rothe, der gewiß alle Ursache hat, an den meisten Leuten von Ohlenhof vorbeizusehen, bekommt so etwas wie ein Lachen in sein unbewegliches Gesicht, tritt ihm Tante Janna in die Möte.

So ist das alte Freifräulein mit der verregneten Vergangenheit und der ausgewinterten Zukunft dem ganzen Dorfe zum Segen geworden und dadurch sich selber nicht zum wenigsten, zumal sie schließlich einen ganz bestimmten und sicheren Lebenszweck gefunden hat. Sie hatte bislang lauter kleine Zwecke, hier zu wehren, da zu lehren, dort zu sichten und da wieder zu schlichten. Sie hat den kleinen Leuten Gemüsezucht und Spalierobstbau beigebracht, hat mehr als einem

Manne die Schnapsflasche und mancher Frau das böse Maul abgewöhnt; doch eins fehlte ihr immer noch dabei: ein Mensch, den sie ganz für sich hatte, wie eine Mutter ihr Kind. Auch den hat sie nun bekommen, und darum ist der Anbau hinter ihrem Hause mit dem Oberlichte und den mehr oder minder verhängten Fenstern; denn darin haust Tante Jannas Maler.

Wie sie an den Mann gekommen ist, das weiß außer dem Diesbauern kein Mensch in ganz Ohlenhof. Eines Tages sprach es sich im Dorfe herum, daß Tante Janna Besuch von einem jungen Manne habe. Da das jedoch just in die Aust fiel, hatte kein Mensch Zeit, darüber viel Worte zu verlieren. Dann kam die Kartoffelzeit, und mittlerweile hatte man sich daran gewöhnt, daß auf Tante Jannas Wesen ein halbjunger Mann mit blassem Gesicht und langen Haaren herumging, die Hühner fütterte und die Hunde betreute und ihr bei der Arbeit an die Hand ging. Ab und zu kam der Mensch in den Krug, setzte sich in eine Ecke, trank sich in aller Stille einen an und ging mit, wenn Tante Janna kam, sich zu ihm setzte, sich einen Bittern geben ließ und, sobald ihr Glas leer war, dem Wirt die ganze Zeche bezahlte, ihrem Einlieger auf den Arm tippte und sagte: „So; das Essen ist fertig!"

Mit der Zeit ließ sich der Fremde immer sparsamer im Kruge sehen, arbeitete fleißig im Garten und bei dem Immenschauer von Tante Janna, oder man sah ihn auf seinem dreibeinigen Stuhle unter einem großmächtigen Schirme in der Heide oder vor dem Moore sitzen und irgendetwas abmalen; und als der Anbau hinter dem Hause, eine richtige Malerwerkstatt, fertig war, da war aus dem blassen, schlottrigen Menschen ein Mann mit roten Backen und strackem Gange geworden, der nicht mehr die Augen unter sich schlug, wenn er sich in den Krug stahl und sich still in die dunkelste Ecke setzte, um einen Schnaps mit Selters nach dem andern zu trinken und immerlos Zigaretten zu drehen und aufzurauchen, sondern der frank und frei in die alte Schänke kommt, sich zu irgendeinem Bekannten hinsetzt, sein Glas Bier in aller

Rechtschaffenheit trinkt und gemächlich dabei seine Pfeife schmökt.

Daß er so weit gekommen ist, hat er Tante Janna zu verdanken, die ihn irgendwo, als er sich vor Herzenskummer und Seelenleid betrunken hatte, aufpackte und mitnahm und aus dem armen, kranken schwachen Menschen mit Ruhe und Güte einen Mann machte, der fest im Leben steht, nicht mehr fruchtlos davon träumt, daß er ein großer Maler werden wollte und es nicht werden konnte, sondern der sich daran genügen läßt, ein tüchtiger Zeichner und Formentwerfer zu sein.

Er hat in sechs Jahren soviel hinter sich gebracht, daß er demnächst ein hübsches Mädchen aus Fladder, Holstensuse, als seine Frau heimführen wird, und darauf freut sich Tante Janna unbändig. Eigene Kinder konnte sie nicht haben, das wurde ihr nicht beschert; aber in Engelbert Dammann zog sie sich einen Sohn heran und hofft stark, daß er aus Tante Janna demnächst eine Großmutter Janna machen werde.

Deshalb sieht sie seit einiger Zeit immer jünger aus, trotzdem ihr Haar von Tag zu Tag weißer wird.

DER DIESHOF

Dem neuen Kruge gegenüber, aber so weit abseits der Straße, daß man die Gebäude nur eben sieht, liegt der Dieshof, der größte Hof von Ohlenhof.

Von der anderthalb Dutzend Gebäuden, die unter den siebenhundert Hofeichen stehen, tragen die meisten noch Strohdächer. Einer der Speicher, dessen altsilbergraue Eichenplanken beinhart sind, steht noch aus der Zeit vor dem dreißigjährigen Kriege; die vier Löcher im Giebel rühren von den Kugeln eines Tillyschen Streifkorps her. Das Wohnhaus ist noch ganz in der alten Art gebaut, nur daß es vor Jahren einen Schornstein bekam; aber der Rehmen mit den gewaltigen Pferdeköpfen an den Enden der Balken wirft noch seine riesenhaften Schatten auf das Flett, und in seiner steinharten Rußkruste, so blank wie Stahl, spiegelt sich das offene Herdfeuer.

Es ist ein harter Schlag, der auf dem Hofe sitzt. Die Männer arbeiten viel, trinken wenig und sprechen gar nicht; sie befehlen nur. Ihre Nasen sind grade, ihre Augen kalt, ihre Lippen bilden einen scharfen Strich, ihre Knochen sind gewaltig und ihre Hände entsetzlich. Der Urahne des Bauern hat als junger Mann im Moore mit einem Griffe einen Strolch, der ihn anfiel, erwürgt. Die Frauen haben immer viel Geld und starke Knochen gehabt. Vom Dieshofe hat Deutschland tüchtige Leute bekommen: einen General, vier Geistliche, einen berühmten Anatom, alles Männer der Tat. Denn auch die Geistlichen waren Männer der Tat; ihre Worte fielen wie Donnerschläge von der Kanzel, und einer von ihnen hat in zehn Jahren aus einer verschnapsten Gemeinde ein anständiges Dorf gemacht, teils mit dem Worte Gottes, teils mit seiner Bauernfaust.

Heute noch erzählt man sich in diesem Dorfe von einer wüsten Schlägerei an einem Sonnabend abend, die so schlimm wurde, daß die Wirtin in ihrer Angst zum Pfarrer lief. Der kam in Hemdsärmeln mit ihr, sprang mitten in den Knäuel der Trunkenen, bläute sie in alle Ecken, fegte den Schnaps vom Tisch und jagte sie zu Bette. Als er starb, weinten die am meisten, auf die seine Worte und seine Fäuste am schwersten herniedergefallen waren. Sie sind sehr hat, die Männer vom Dieshofe; man sagt ihnen nach, daß sie ihre schwächlichen Kinder nicht aufkommen lassen. Sie haben alle bei der Garde gedient.

Und doch lebt auf dem Hofe ein Mann, der ist nicht hart. Er hat das Diesbursche Gesicht und er hat es nicht; denn die Züge sind fein und die Augen wie die eines Kindes. Das ist Ohm Hein.

Wer ist Ohm Hein? Ohm Hein ist Ohm Hein, weiter nichts. Er geht in Pantoffeln, was sonst kein Diesbur tut, er hilft Kartoffeln schälen, als wäre er eine Magd, er schleppt sich mit den Kindern ab, er trägt sie in der Sonne umher, er bringt sie zu Bett, er wacht bei ihnen, wenn sie krank sind, und er erzählt ihnen Geschichten, sonderbare Geschichten, die einst Homer in Verse brachte und für die Herodot Worte fand. Wenn er sie in Schlaf singt, so singt er die Hexameter des Homer, und ärgern sie ihn, so schimpft er auf griechisch oder lateinisch. Sonntag nachmittag sitzt er in der Laube oder wintertags in seiner Dönze und liest in den vergilbten Büchern, die ihm von Odysseus und Ajax erzählen und von den Sitten der nubischen Völker, die Herodot uns aufbewahrte, und von dem, was Tacitus über die alten Deutschen schrieb.

Er liest es, aber er versteht es nicht. Er liest das Griechische und Lateinische glatt herunter, aber der Sinn ist ihm entschwunden. Er mengt das, was der Pastor von der Kanzel spricht, mit den Gestalten Homers zusammen und formt krause Geschichten daraus, läßt Petrus den Hektor besiegen und die schöne Helena Christi Haupt mit köstlichem Öl salben. Meist sind seine Augen gut und fromm; nur wenn der Mai kommt, blicken sie kalt und hart und wochenlang spricht er dann nur mit den Frauen und den Kindern.

Denn im Mai war es, als sein Vater ihn vor dem

Gymnasium erwartete und ihm sagte: „Ich habe dich abgemeldet; Johann ist tot; er hat das Nervenfieber gehabt. Deine Sachen sind alle im Wagen; ich habe sie von dem Pastor abgeholt. Und jetzt wollen wir Mittag essen."

Heinrich war damit Hoferbe, denn das Gesetz auf dem Dieshofe lautet: „Der Älteste wird Hoferbe; der zweite Sohn studiert; der dritte heiratet auf einen Hof." Die erste Nacht lag Heinrich schlaflos und dachte an seine Bücher und an die Kanzel, auf der er sich schon gesehen hatte; am andern Morgen war er bei der Arbeit. Er arbeitete wie ein Knecht; aber die Bücher vergaß er nicht. Halbe Nächte saß er mit Lexikon und Grammatik über dem Herodot und dem Homer oder dem Tacitus und dem Cicero; und wenn er beim Pflügen oder Säen daran dachte, daß er drei Jahre lang den ersten Platz in der Klasse gehabt hatte, dann wurde sein Gesicht heiß und seine Augen flogen mit Haß über das Feld. Aber nie klagte er dem Vater oder der Mutter seine Not, nie ließ er in der Arbeit nach, und noch vor den Knechten war er am Morgen aus dem Bette. Er weinte keinmal in seiner Kammer, aber er lachte auch nicht; er ging nur gezwungen in den Krug und die Mädchen behandelte er wie Luft.

Das ging so sieben Jahre lang. Seine Hände wurden braun und breit und sein Gesicht schmal und blaß; um seinen Mund legten sich Falten, und seine Augen waren kalt und starr. Aber am ersten Mai des achten Jahres an dem Tage, als der Vater ihn mit den Rotschimmeln abholte, da lächelte er milde und freundlich, als er morgens aus seiner Kammer kam; und sein Vater wußte nicht, was er sagen sollte, als er ihn dastehen sah, angetan mit dem Kirchenzeuge und die alten Schulbücher unter dem Arme. Er wollte ihn anfahren, aber als er ihm in die Augen sah, da zitterte er und mußte sich setzen, und drei Tage darauf lag er auf dem Schragen; ein Schlagfluß hatte ihn umgeworfen. Heinrich aber ging lächelnd an dem Sarge vorbei, sprach von dem guten Zeugnis, das er bekommen werde, und fragte den Pastor, ob die

Griechen Thalassa oder Thalatta und die Römer Cicero oder Kikero gesprochen hätten und bat ihn um die Deutung einer schwierigen Stelle im Livius.

Er wurde nach Hildesheim gebracht. Nach einem Jahre wurde er als unheilbar entlassen. Seitdem lebte er als harmloser Irrer auf dem Hofe, den der jüngste Bruder antrat. Er schält Kartoffeln und wartet die Kinder, geht jeden zweiten Sonntag, in den langschößigen Kirchenrock gekleidet und in dem Knoten des Doppelbinders die goldene Nadel, zur Kirche, und liest nachmittags in seinen Büchern. Er kommt niemand in die Quer. Redet er krauses Zeug, so läßt man ihn reden, ohne darüber zu lachen.

Man achtet überhaupt nicht auf ihn. Er zählt nicht mit. Er ist eigentlich gar nicht da. Er ist bloß Ohm Hein.

WIEBENENGEL

Von den Häuslingen in Ohlenhof ist der vom Dieshofe, Engelbert Wieben, der tüchtigste; die anderen Bauern beneiden den Vorsteher um ihn.

Daß der Diesbur hinter seinem Rücken Bismarck genannt wird, das hat seinen Grund nicht zum wenigsten in der Weise, wie er Wiegen-Engel bekam, denn das ist so vor sich gegangen.

Zwischen Ohlenhof, Hülsingen, Krusenhagen und Moorhop lag ehemals der Wohlhof, der im dreißigjährigen Kriege mit allem, was darauf lebte, in Asche fiel. Weil keine Erben dafür da waren, zog der Fiskus ihn ein und forstete ihn auf. Weil das Wohlloh, wie der Hof allmählich hieß, keine dreihundert Morgen groß war, so durfte der Staat ihn nicht bejagen, und da die benachbarten Gemeinden in der Nähe ebenfalls Stücke liegen hatten, die mit dem Gemeindebesitz keinen Zusammenhang hatten und gleichfalls zu klein waren, um als selbständige Jagd verpachtet zu werden, so waren sie mit dem Wohlloh als eine besondere Jagd zusammengelegt.

Nun hatte der Vorsteher einen alten Freund in Bremen namens Wedemeyer wohnen, mit dem er in Berlin bei der Garde stand, und der es mittlerweile als Kaufmann zu Geld und Ansehen gebracht hatte. Der wollte gern eine Heidejagd mit Rotwild haben, schrieb deshalb an den Diesbur, und dieser wies ihn auf das Wohlloh hin. Wedemeyer kam herüber und pachtete die Jagd.

Als er hinterher mit seinem Freunde zusammensaß, meinte er: „Ja, nun muß ich auch wohl einen Mann haben, der mir telegraphiert, wenn Hirsche da sind; denn zumeist wird das Wild da doch bloß durchwechseln." Der Diesbur nickte: „Das stimmt, Korl. Wer hier am Platze ist, kann da leicht einen guten Hirsch schießen. Andererseits kannst du drei Dutzendmal auf tauben Dunst herreisen und kriegst keinen Schwanz zu sehen.

So eine Art Jagdaufseher mußt du haben, das ist eine Notwendigkeit."

Als Wedemeyer ihn fragte, ober nicht jemand wisse, der dazu geeignet sei, meinte er: „Ja, ich glaube, der Arbeiter Wieben hier im Orte, der ist wohl paßlich dazu. Der hat da herum viel zu tun und versteht vom Abspüren allerlei; denn er geht schon von klein auf ins Holz. Und es ist auch ein Mann, auf den Verlaß ist." Sie beredeten sich nun, wieviel Wieben als Jahresgeld haben müsse, was nicht viel war, und wieviel für jeden Hirsch, der geschossen wurde, für jeden Bock, den er ausmachte, und für Sauen; und dann gingen sie zu dem Arbeiter hin und wurden mit ihm bald handelseins.

Drei Jahre gingen in das Land. Wenn Wieben-Engel Hirsche fest hatte, so telegraphierte er nach Bremen: „Wind schlecht!" und wenn Sauen da waren: „Hirsche nicht da." Sofort kam der Jagdpächter dann angereist; entweder allein, ging es auf Hirsche, oder mit zwei, drei guten Schützen, wenn es sich um Sauen handelte. So schoß er in den drei Jahren sieben Sauen, mehrere brave Böcke, drei jagdbare Hirsche, und schließlich auch einen von sechzehn Enden, einen Haupthirsch, hinter dem seit Jahren alles her war, was eine Büchse tragen durfte.

Als Wedemeyer, der vor Freuden ganz außer sich war, am andern Morgen beim Diesbur frühstückte, klopfte es und Wieben kam herein. „Sieh, Engel, das ist recht," sagte der Vorsteher, „kommst just paßlich. Nu' halt man auch mit." Er rückte einen Stuhl hin, schenkte einen alten Korn ein und nötigte zum Zulangen. Der Arbeiter meinte zwar, er habe eigentlich schon gefrühstückt, aber Spielverderber wolle er auch nicht sein, und so hielt er sich tüchtig dazu, hörte aber nur oberflächlich hin, als Wedemeyer erzählte, auf welche Weise er an den Hirsch herangekommen sei.

Als die drei Männer mit dem Frühstück fertig waren und sich Zigarren ansteckten, fing Wieben erst an, von dem Wetter und von den Schweinepreisen zu reden, dann sagte er, indem er an seiner Zigarre herumdrückte, obschon das durchaus nicht nötig war: „Du, Willem, der Oberförster hat mich rausgeschmissen.“ Der Diesbur verzog keine Miene und fragte bloß: „So? Ja weswegen denn, Engel?“ Der Arbeiter machte eine Bewegung mit dem Kopfe nach dem Geweihe hin, das auf dem Stuhle lag, räusperte sich und sagte: „Darum! Er hat mir eine große Schande gemacht; denn hinter diesem Hirsche war er schon Jahre dreie her, und er meinte, solche Arbeiter, die dafür sorgten, daß andere Leute seine Hirsche schössen, die könne er nicht gebrauchen. Tja, und nun sitze ich da. Was soll ich nun anfangen?“

Der Vorsteher rauchte langsam weiter und meinte dann: „Na, das kann dir doch keine großen Sorgen machen; Arbeit kriegst du wohl jeden Tag wieder.“ Wieben zuckte die Schultern: „Ja, aber wo? Vielleicht bei der Bahn? Aber da will meine Frau nichts von hören und ich habe auch keine Lusten, mit Pollacken und Monarchen zusammen zu arbeiten und mich kommandieren zu lassen, zumal ich solche Arbeit nicht leiden mag, weil ich, seit ich aus der Schule bin, andere Arbeit gewöhnt bin. Und als Tagelöhner bald hier, bald da gehen, das ist mir auch nicht nach der Mütze. Beim Baron in Lohorst komme ich sofort an, aber mit dem neuen Förster komme ich auf die Dauer nicht aus, das weiß ich ganz genau, und mit Krempel und Klaater in dem Leutehaus wohnen, das ist schon gar nicht mein Gusto.“ Er drückte wieder an seiner Zigarre, zog heftig daran und meinte, indem er erst an dem Diesbur vorbeiblickte und ihm dann in die Augen sah: „Ich habe mir gedacht, Willem, und ich wollte mal fragen, und darum bin ich hergekommen, ob ich nicht bei dir ankommen kann?“

Der Vorsteher zog seine Lippen zwischen die Zähne. „Sollte sich die Sache nicht wieder zuziehen, Engel?“ fragte er dann und klopfte die Asche von seiner Zigarre. Wieben schüttelte den Kopf: „Nee“, sagte er, „nee, und wenn der Oberförster auch wollte, ich komme ihm nicht wieder, und wenn er mir zulegt; er ist mir denn doch zu grob gekommen. Verdenken kann ich ihm das just nicht; denn ich habe das Maul auch nicht zubehalten, und denn, so'n Hirsch wie der, darüber kann einer es wohl schon mit dem Überkochen kriegen." Er schlug mit der Hand durch die Luft: „Das ist aus und alle, Willem!"

Der Diesbur überlegte einen Augenblick. „Ja, wenn das so ist, Engel, hm, einen Hausmann muß ich doch wieder haben, wenn auch eigentlich erst in zwei, drei Jahren. Klages wird von Tag zu Tag stümpriger, und was er beschafft, das ist nicht gerade mehr viel. Aber behalten muß ich ihn, bis er mir sagt, daß er nicht mehr kann; denn er hat schon unter meinem Vatersvater gedient. Ich will mal mit meiner Frau reden." Er ging hinaus und kam nach einer Weile wieder herein. „Tja, Engel, sie meint auch so, wie ich, und wenn du willst, wie du eben sagtest, so wollen wir das andere nachher bereden, wenn mein Freund abgereist ist. Du kannst ja heute gegen abend wieder vorkommen."

Wieben war einverstanden damit und ging ebenso schnell fort, wie er langsam gekommen.

So bekam der Diesbur den besten Hausmann im Dorfe, und ohne daß er ihm einen Antrag zu machen brauchte. Es hat ja eine Reihe von Jahren gedauert, bis das soweit war, aber dafür konnte nun auch der Bauer die Bedingungen stellen.

SCHERMENNIE

Auf dem Dieshofe ist zurzeit Vetter Philipp wieder einmal zu Besuch, ein entfernter Verwandter der Frau namens Woltmann.

Unter diesem Namen kennt ihn aber kaum ein Mensch, denn gemeiniglich wird er schlichtweg Vetter Philipp genannt oder scherzweise auch Schermennie.

Er ist ein großer, breitschultriger Mann, der etwas krumm geht, nie einen Stock trägt und nur spricht, wenn er in das Gespräch hineingezogen wird. Dann erzählt er in einem merkwürdigen, halb englischen Plattdeutsch, daß es in Ämerrikä, wo er lange Jahre gewesen ist und wo er letzthin auch wieder war, doch besser sei, als in Schermennie, und deshalb hat er diesen Namen beigelegt bekommen.

Als zwanzigjähriger Knecht ging er über das Wasser mit einem guten und einem schlechten Anzuge, einem Handstock, einem Sack voll Speck, Schinken, Wurst und Brot und zehn Talern. Zwanzig Jahre hörte seine Verwandtschaft nichts von ihm, bis er eines schönen Tages in Holtenbostel, von wo er gebürtig ist, wieder auftauchte. Er war gekleidet wie ein Stadtherr, trug eine goldene Uhr mit schwerer goldener Kette, Ring und Busennadel, brachte einen Koffer voller Kleider und einen Haufen Geld mit und sagte: „Ämerrikä habe ich dicke, ich bleibe jetzt in Schermennie!"

Fast ein Jahr hielt er es auch aus. Er wohnte bald bei diesem, bald bei jenem Verwandten, am meisten aber auf dem Dieshofe, wo er gern gesehen war; denn er arbeitete unaufgefordert wie ein Knecht und war dem Bauer eine wertvolle Hilfe. Auch war er ein zufriedener und stiller Hausgenosse, der zudem die langen Winterabende angenehm verkürzen half. Er war in den ganzen Vereinigten Staaten herumgekommen und noch darüber hinaus bis tief nach Kanada und Mexiko hinein, und wußte allerlei zu erzählen.

Alles mögliche war er gewesen. Als Kohlentrimmer hatte er die Überfahrt mitgemacht, war dann Hausknecht gewesen, Landarbeiter, Mississippischiffer, Holzhauer, Kuhhirt und wieder Holzhauer, hatte seine Taler zusammengehalten, bis er eine ganze Menge davon hatte, und hatte damit einen Kaufladen mit Schenkwirtschaft in einer Neusiedlung in Wildwest angefangen, durch den er in zehn Jahren ein reicher Mann wurde. Und nun war er zurückgekommen und wollte sich eine Frau nehmen. „Denn, Gents", sagte er im Blauen Schimmel und steckte sich einen frischen Stift hinter die Zähne, „in Ämerrikä ist alles besser als in Schermennie, bloß die Lädies nicht, tja." Und dann pflegte er, indem er mit seiner gefährlich großen Hand um den ganzen Tisch zeigte, der Wirtin zuzurufen: „Detta, noch 'n Drink für jeden gesegneten Schentelmenn, der vorne 'n Loch im Koppe hat!"

Nun hätte sich wohl manche Wittfrau oder älteres Mädchen gefunden, die ihn genommen hätten, aber daran lag ihm nichts, denn es gelüstete ihn nach einer ganz jungen, wie er Jakob Bennewies verraten hatte; denn dem hatte er tausend Mark Vermittlungsgebühr zugesagt, wenn er ihm zu einer glatten jungen Frau, so zwischen achtzehn und zwanzig verhelfen wollte. Dummerhaftigerweise hatte er das Jakob beim Erntebier in Krusenhagen verraten, als sowohl er selber, wie auch Bennewies gehörig einen sitzen hatten; denn Vetter Philipp hatte, wie immer, die Spendierhosen an, und Jakob ließ sich bei solchen Gelegenheiten auch nicht lumpen.

Schließlich war das ganze junge Volk von dem vielen ungewohnten guten Weine und den teuren Likören lustiger, als es je der Fall gewesen war, und Jakob, der an solchem Tage vergaß, daß er seit langem Wittmann war und seine fünfzig Jahre auf dem Buckel hatte, hielt nicht dicht und fragte bald dieses, bald jenes von den jungen Mädchen, ob es nicht Lust hätte, Woltmanns Frau zu werden.

Vor allem hatte Wieschen Suhr, eine Brinksitzerstochter, ein bildschönes Mädchen, es Vetter Philipp angetan, der so oft und ohne erst lange zu fragen mit ihr tanzte, sie vor der Tür auch, als die Mädchen sich in der Pause abkühlten, umfaßte und zu küssen versuchte, bis das ihrem Schatz Heini Bockholt zu quant wurde und er sich das dadurch verbat, daß er Woltmann einen Stoß vor die Brust gab und sagte: „Hand von 'n Sack, is Haber in!"

Nun ging der Spektakel los. Vetter Philipp wurde so braun wie Torf im Gesicht, zog die Jacke aus, krempte die Hemdsmaugen hoch, rollte die Augen gefährlich, schrie: „Komm' her, komm' her, du blutiger Hund; ich will einen Maispudding aus dir machen!", ging auf Bockholt los und hielt ihm die Fäuste unter die Augen; aber ehe er zum Boxen kam, hatte Heini ihm einen solchen Schlag gegen die Nase versetzt, daß ihm das blanke Blut daraus lief. In seiner Aufregung versah er sich und boxte Johann Alpers in die Rippen, einen Schlachtergesellen aus Krusenhagen, den stärksten Mann weit und breit, der nichts Schöneres kannte, als eine tüchtige Prügelei, und nun ging es nach der Melodie: „Vom Himmel hoch da komm' ich her," und Jakob, der seinem Freunde beistand, und Vetter Philipp wurden so zugerichtet, daß sie sich acht Tage nicht vor den Leuten sehen lassen konnten, so sahen sie aus, besonders Woltmann, dem das Nasenbein gebrochen war, so daß seine Nase seitdem nach links stand, was ihn ganz putzig ließ.

Er wohnte während der Zeit, bis sein Mund abgeschwollen und die blauen Flecken in seinem Gesicht gelb geworden waren, bei Bennewies und hielt sich im Hause oder ging mit seinem Freunde auf die Jagd. Allmählich ließ er sich wieder in Horst oder Fladder in den Wirtschaften blicken, wurde aber teils offen, teils heimlich mit der großen Schlacht in Krusenhagen aufgezogen; denn die gesamte Jungmannschaft der Dörfer in der Runde hatte es übel genommen, daß er sich nach den jungen Mädchen umsah, und wo er sich blicken ließ, hieß es: „Schermennie, hör' mal zu; ich weiß dir ein Mädchen, großartig schönes Mädchen, noch keine fuffzehn. Das ist so 'was für dich. Es ist

Krügers Luise. Wenn Krüger seine Schweine killt, mußt du zum Wurstessen kommen, dann kann ich dich mit ihr zusammenbringen. Aber erst hundert Doohlar Vorschuß! Anders wird's nicht gemacht bei uns in Schermennie! Und 'n Drink mußt du natürlich auch ausgeben!" So und ähnlich wurde er überall begrüßt. Das gefiel ihm nun gar nicht, und er machte, daß er wieder nach Amerika kam.

Zwei Jahre blieb er fort, und dann war er wieder da, noch großartiger im Zeug als vordem und mit einer fingerdicken goldenen Kette von einer Westentasche bis zur anderen. Er hielt sich aber nicht lange in Ohlenhof auf, sondern sagte, es sei ihm da zu klein und er wohnte in Celle im Celler Hof. Eines Tages bekamen alle seine Verwandten und Bekannten eine mächtig feine Karte mit goldenem Rande von ihm geschickt, auf der zu lesen stand, daß er sich mit Fräulein Rosalie Schluser verlobt habe. Ein Vierteljahr hinterher verschwand er ganz plötzlich wieder nach Amerika, und allmählich wurde es im Dorfe auch bekannt, aus welchem Grunde. Seine Verlobte und deren Mutter hatten ihn um einige tausend Mark leichter gemacht, und die schöne Rosalie, von der es in Celle bekannt war, daß sie so leicht keinem etwas abschlagen könne, war von ihm mit einem anderen abgefaßt worden. Es hatte einen großen Krach abgesetzt, denn er hatte dem jungen Manne, einem Oberkellner, allerlei Grobheiten gesagt, und der hatte ihn verklagt. Das hatte ihn so geärgert, daß er zum dritten Male über das Wasser ging.

Seitdem sind drei Jahre ins Land gegangen. Im Herbst war er auf einmal wieder da, hielt sich bald bei diesem, bald bei jenem Verwandten auf, ließ sich aber wenig in den Wirtschaften sehen und lebt nun schon drei Monate auf dem Dieshofe, wo er meist in einer alten Manchesterhose und einer grünen Wollweste und barhäuptig herumgeht, alle Arbeit übernimmt und, wenn es nichts zu tun gibt, genau wie ehedem Jakob Bennewies mit Hammer und Nagelbeutel umhergeht und zusieht, ob nicht irgendwo etwas festzumachen ist.

Auch bejagt er die Jagd vom Dieshofe und geht mit dem Schuster Matthies fischen.

Sonntags aber zieht er sich fein an und geht hier und da in der Umgegend auf Besuch. Er hat immer noch nicht die Hoffnung aufgegeben, daß er eine glatte junge Frau, so eine zwischen achtzehn und zwanzig, es können auch einundzwanzig sein, kriegt, und es kommt ihm jetzt sogar nicht darauf an, dem, der ihm dazu verhilft, tausend Taler zu geben, denn Geld hat Vetter Philipp mehr als genug.

Aber er wird wohl keine bekommen; denn so leicht nimmt ein junges Mädchen keinen Mann, hinter dem man hergrient.

Wilh. Thiele 1923

DIE ALTE SCHÄNKE

Wer in Ohlenhof nicht Bescheid weiß, der findet die Schänke zum Blauen Schimmel nicht so ganz leicht, denn der Schimmelbergshof sieht genau so aus wie jeder andere Bauernhof, nur daß neben der großen Tür ein Schild aus Eisenblech angebracht ist, aus dem ein hellblau angestrichenes springendes Pferd ausgeschnitten ist.

Der blaue Schimmel ist ein Erbkrug. Herzog Georg von Celle, den die Bauern Jürgen-Vadder nannten, ist dort oft eingekehrt, wenn er in der Gegend jagte, und bei einer solchen Gelegenheit hat er den Krug zum Erbkrug gemacht, wie es in der alten Verschreibung heißt, die in Glas und Rahmen zwischen den alten, stockfleckigen Bildern in der Gaststube hängt.

Es ist viel Land bei dem Hofe. Als Jürgen-Vadder einmal guter Laune war, hatte er der Haustochter gesagt, soviel Land, als sie in einer Stunde auf dem alten Blauschimmel umreite, solle dem Kruge eigentümlich sein. Er soll hinterher ein langes Gesicht gemacht haben, als die schöne Regina den alten Hengst in eine Gangart brachte, als sei er ein Fünfjähriger; aber sie lachte bloß, als er sie danach fragte, und kam nicht mit der Sprache heraus. Und da ein Wort ein Wort ist, zumal wenn es ein Herzog und Landesfürst gegeben hat, so wurde der blaue Schimmel ein Erbkrug mit viel Land dabei. Vordem war er nur ein fürstlicher Pachthof gewesen.

Der jetzige Besitzer ist ein langer, breitschultriger Mann mit langen, dünnen und etwas krummen Beinen und todernstem, faltigem Gesichte. Er hat in den Hof hineingeheiratet. Daß er Meyer heißt, hat er beinahe schon vergessen, denn er wird nach dem Hofe immer nur Schimmelberg genannt, zumeist aber Ludjen. Er spricht ganz wenig, aber was er sagt, das stimmt auf das Haar, und mit dem trockensten Gesichte macht er die großartigsten Witze.

Aus der Gastwirtschaft macht er sich gar nichts; die überläßt er völlig den Frauensleuten. Kommt ein Fremder, der nicht weiß, daß der Mann, der bei dem alten Plaggenofen sitzt, kalt raucht und das hannöversche Pferd streichelt, das auf der Ofenplatte zu sehen ist, der Wirt ist, so kann er warten, bis er schwarz wird, ehe er etwas kriegt. Schimmelberg tut das nie. Lieber schreit er zwanzigmal „Detta!“, ehe er aufsteht und den Gast bedient. Wer im blauen Schimmel Bescheid weiß, schenkt sich darum selber ein und legt das Geld auf die Tonbank, und der Wirt tut so, als ginge ihn das kein bißchen an.

Wenn er abends neben dem Ofen im Backenstuhle sitzt, hat er sein Teil Arbeit getan, gesät, gepflügt, geeggt, Plaggen gehauen oder Mist gefahren; denn er hat neben seiner großen Ackerwirtschaft durchschnittlich fünfzig Stück Vieh im Stalle, ungerechnet die Schweine und die Pferde, und er ist mit der beste Züchter im ganzen Gau. Deswegen kann er sich um die Gastwirtschaft nicht kümmern, abgesehen davon, daß er einen Haß auf alles hat, was Gastwirtschaft ist.

Denn er ist selber Wirtssohn. Wäre er das nicht gewesen, so säße er auf seinem väterlichen Hofe in Hülsingen und hätte altes Erbland unter den Füßen, statt daß er nun eingeheirateter Bauer ist, was immer sein Kummer ist, wenn er auch einer der bestgestellten Besitzer in Ohlenhof ist und Ansehen und Achtung vor allen Leuten hat. Aber er ist und bleibt der Sohn von Lottchen Lustig, und sein Lebelang wird er sich vorkommen, als wenn er Dreck am Rocke habe. Jahrelang ist er überhaupt nicht in die Gaststube gegangen, seitdem einmal ein Holzhändler, der reichlich viel getrunken hatte und wegen seines losen Mundes bekannt war, ihn Herr Lustig geheißen hatte. Da hatte Schimmelberg den schweren Mann gefaßt und so vor die Tür geschmissen, daß er ein Bein brach, was ihn drei Wochen Gefängnis und eine Reihe blanker Taler kostete.

Im Dorfe trug ihm diese Strafe aber niemand nach, sondern jedermann sagte: „Schimmelberg hat recht gehabt, daß er das Schandmaul so zu Bett gebracht hat." Er hatte auch Ursache dazu. Sein Vater, der Gastwirt Meyer in Hülsingen, der in die Wirtschaft hineingeheiratet hatte, war ein achtbarer Mann; seine Frau aber, die hübsche Charlotte Boll, galt schon als Mädchen als etwas wild; denn sie wechselte ihre Liebhaber ein bißchen zu oft und hielt es mit mehr als einem zu gleicher Zeit, und das legte sich nicht nur nicht, als sie Frau war, sondern wurde bloß noch schlimmer.

Da sie ein Mundwerk wie eine Wassermühle hatte und bei jeder Vorhaltung, die ihr ihr Mann machte, zu schreien und zu heulen anfing, auch in Ohnmacht fiel oder Krämpfe bekam, so wurde es ihm schließlich zum Ekel, er ließ sie tun und treiben, was sie wollte, kam immer mehr an das Trinken, und als auf seine beiden blonden Kinder eines mit roten und eines mit schwarzen Haaren folgte, lag er eines Tages tot auf der Heide mit einer Kugel in der Stirn. Obgleich es den Anschein hatte, als wenn er auf der Jagd zu Unglück gekommen war, so wußte man in Hülsingen doch besser Bescheid und ließ seine Witwe das auch genug merken, obschon sie sich schrecklich anstellte.

Nach kurzer Zeit ging es aber noch wilder in der Wirtschaft zu als bisher, und weit und breit war Charlotte Meyer als Lottchen Lustig bekannt. Es wurden von Viehhändlern, Holzverkäufern und Reisenden mit ihr und den hübschen Mägden, die sie immer hatte, Gelage hinter verschlossenen Türen abgehalten, bei denen der Champagner nur so floß, und wobei es oft nicht anders herging als in einem Freudenhause, indem die Frauensleute nicht mehr anhatten, als die Hemden, und bisweilen die noch nicht einmal, so daß der Krug zum Ärgernis in der ganzen Gegend wurde.

Als der älteste Sohn, Ludewig, der jetzige Schimmelbergsbauer, der seinem Vater in allem ähnelte, heranwuchs, versuchte er es, dem Treiben im Hause zu steuern, kam aber gegen das Mundwerk seiner Mutter nicht an. Schließlich, als die es immer schlimmer trieb, verunzürnte er sich so mit ihr, daß sie ihm die Tür wies; und nachdem er erst auf Lohhorst gearbeitet hatte, trat er auf dem Schimmelbergshofe als Knecht ein und blieb da viele Jahre; denn dort diente eine Magd, die er gut leiden mochte. Da der Wirt vom blauen Schimmel kränklich war, wurde Ludewig Meyer schließlich, ohne daß er das wollte, das Haupt auf dem Hofe, und als der Wirt starb, blieb er es erst recht.

Bald darauf brannte sein Vaterhaus ab, wobei seine Mutter, die sich den Abend wieder toll und voll getrunken hatte, mit den beiden jüngsten Kindern, die wahrscheinlich nicht von ihrem Ehemann herstammten, in den Flammen blieb. Da das Haus nicht versichert und der Hof infolge des liederlichen Betriebes über und über verschuldet war, so kam er unter den Hammer, und für Ludewig und seine Schwester Erna, die ebenfalls mit der Mutter in Unfrieden gekommen war und auf Lohhorst diente, blieb so gut wie nichts übrig.

Ludewig hatte in all den Jahren, die er auf dem Schimmelbergshofe zugebracht hatte, so viel Arbeit hineingesteckt, daß sein Herz mehr daran hing, als an allem anderen auf der Welt, und als ihm die Witwe Schimmelberg, die kinderlos war, antrug, daß er ihr Mann werden sollte, setzte er sich mit der Magd Detta, mit der er so halb und halb versprochen war, in Güte und Ruhe auseinander. Das Mädchen nahm einen Dienst in Wöbbesse an, und er freite Regine Schimmelberg. Die Ehe blieb kinderlos. Nach vier Jahren starb die Bäuerin, die immer viel zu stark und sehr kurzatmig war, an Herzwassersucht.

Als das Trauerjahr zu Ende war, freite Ludewig seine Detta, so daß jetzt Knecht und Magd als Bauer und Bäuerin auf dem Schimmelbergshofe sitzen und genau so viel Ansehen und Achtung im Dorfe haben, als stammten sie aus den großen Lohöfer Geschlechtern.

Aber ob Ludjen Meyer, genannt Schimmelberg, auch ein wohlhabender Bauer und glücklicher Viehzüchter ist, eine gute Frau und ordentliche Kinder hat, tief in seinem Herzen wurmt es ihn doch immer, daß er nicht auf seinem väterlichen Hofe sitzt, und daß seine Mutter Lottchen Lustig geschimpft wurde; und nie wieder hat er sein Geburtsdorf betreten.

HELMBRECHTSVATER

In dem freundlichen Hause mit dem hübschen Blumengarten und dem runden Lindenbaum hinter dem grünen Zaun wohnt der Pferdehändler August Helmbrecht.

Bei schönem Wetter kann man Helmbrechtsvater, wie er im Dorfe allgemein heißt, obgleich er niemals Kinder hatte, meist unter der Linde vor der Tür sitzen sehen, die gestickte Samtkappe auf dem Kopfe, die lange Pfeife in der Hand, die Silberhochzeitstasse und ein Buch vor sich; denn er liest viel.

Er ist weit in der Welt herumgekommen, denn er hat als Koppelknecht angefangen. Als er mit dem Pferdehändler Wöhlecke aus Osterwald, bei dem er damals in Stellung war, einen Zug Pferde nach Lothringen gebracht hatte, ließ er es sich beifallen, zum Vergnügen über die Grenze zu gehen. In einem Weinhause, wo lustige Mädchen bedienten, wurde ihm irgendein Gift in das Glas gegossen, so daß er von Sinnen kam, und als er wieder bei sich war, wurde ihm seine Unterschrift auf einem Werbeschein für die französische Fremdenlegion vorgehalten; er war Werbern in die Finger gefallen.

Drei Jahre blieb er verschollen. Auf einmal tauchte er in Krusenhagen, von wo er gebürtig war, wieder auf. Erst kannte den braungebrannten Mann mit den beiden roten Schmarren im Gesichte kein Mensch wieder, bis er sich zu erkennen gab. Kaum hatte er das getan, so wurde er von dem Gendarmen, der zufällig im Dorfe war, verhaftet, weil er sich gerade um die Zeit, als er von Frankreich nach Algier geschafft war, hatte stellen müssen.

Er wurde sofort in den bunten Rock gesteckt und als unsicherer Kantonist behandelt, doch bewies er bald durch sein Verhalten, daß das nicht nötig war, wurde bald Gefreiter und Unteroffizier, und es wurde ihm sogar, weil er seinen Dienst mit Auszeichnung tat, ein volles Dienstjahr erlassen, einmal in Anbetracht seines Schicksals, und weil er seine Mutter unterhalten mußte. So wurde er bei seinem früheren Dienstherrn wieder Koppelknecht und kam wieder weit in der Welt herum, nach England, Rußland und Österreich.

Bevor er der Fremdenlegion verfiel, war er ein ziemlich leichtes Huhn und ein mehr als gutmütiger Mensch gewesen; seitdem aber hielt er sich nüchtern, sparte sein Geld und sah sich jeden Menschen vorher ganz genau an, ehe er sich näher mit ihm einließ. Wenn er von seinen Erlebnissen in Afrika erzählen mußte, bekam er einen engen Mund, und seine Augen, in denen fast keine Farbe mehr war, kriegten einen bösen Schein. „Ein Lumpenvolk ist das“, sagte er dann und biß sich auf die Lippen; „ich habe dabei stehen und zusehen müssen, wie ein Bengel von neunzehn Jahren um nichts und wieder nichts totgeschossen wurde. Mir wäre es vielleicht nicht anders gegangen, wenn ich das nicht hätte mit ansehen müssen. So habe ich denn stillgeschwiegen und gewartet, bis es Zeit für mich war. Beinahe hätten sie mich doch noch wieder gekriegt, aber ich hatte Glück und kam heil über die Grenze, und hatte den Dusel, gleich bei einem Pferdetransport anzukommen.“ Bei dieser Stelle lachte er meist bösartig und sagte: „Ich möchte bloß wissen, ob der Unteroffizier, der mich einholen wollte, mit dem Leben davongekommen ist, denn ich ließ ihn vorbeirennen und schlug ihm mit dem Kolben eins über den Schädel. Jean Meunier hieß er; er war der schlimmste Leuteschinder im Bataillon. Na, Brägenschülpen habe ich ihm mindestens für vier Wochen besorgt.“

Als er einmal auf Lohorst Pferde kaufte, bekam er Erna Meyer zu sehen, die dort als erste Küchenmagd diente. Der Freiherr hatte ihm gesagt, er solle sich in der Küche Mittag geben lassen; und auf diese Weise kam er mit ihr ins Gespräch und fand Gefallen an ihr; denn sie hatte genau dieselbe sanfte Stimme, wie die Frau des Kapitäns von dem Schiffe, mit dem er von Afrika fortkam, und die sehr gut zu ihm gewesen war und ihm beim Abschied noch zehn Taler geschenkt hatte.

Er wußte es einzurichten, daß er das Mädchen traf, wenn sie ihren Bruder besuchte, was weiter nicht auffällig war, weil er immer in der alten Schänke einzukehren pflegte, wenn er durch Ohlenhof kam; denn er hatte mit Schimmelberg ab und zu Handelsgeschäfte. Das Mädchen hielt sich anfangs von ihm zurück, einmal seiner farblosen Augen wegen, die ihr unheimlich waren, und dann seines afrikanischen Abenteuers halber; denn sie war stillen und einfachen Gemütes und dachte sich, daß ein Mann, der soviel in der Welt umhergekommen wäre, kein rechter und ruhiger Ehemann werden würde.

Eines Tages kam er im besten Zeuge auf Lohorst angeritten, ließ sich bei der Freifrau melden und fragte, ob er in ihrer Gegenwart mit dem Mädchen sprechen dürfe; „denn das gehört sich meiner Meinung nach so, Frau Baronin", fügte er hinzu. Die Freifrau hat dann die Sache so erzählt: „Das Mädchen kommt mit ganz rotem Kopf herein, dreht die Schürze in der Hand und weiß nicht, so sie mit den Augen bleiben soll. Der junge hübsche Mensch aber gibt ihr ganz unverlegen die Hand und sagt: „Mit deinem Bruder habe ich gesprochen, Erna, der hat nichts dagegen, daß wir Schwäger werden. Ich verspreche dir, ein guter Mann zu sein, Erna, und ich pflege mein Wort zu halten. Ich trinke nicht, ich kartje nicht, und ich habe mir Geld genug gespart, daß ich selber anfangen kann. Und ich wüßte keine andere, zu der ich mehr Zuvertrauen hätte, als zu dir. Eile hat die Sache ja nicht. Überlege es dir und sprich mit deinem Bruder. In zwei Wochen komme ich zu ihm hin." „Damit machte er mir eine Verbeugung wie ein Kavalier", erzählte die Freifrau weiter, sagte: „Ich bedanke mich auch schön, Frau Baronin!" und ging. Na, ich habe dem Mädchen gesagt: „Wenn du den nicht nimmst, Ernestine, bist du dumm; der Mann gefällt mir."

Erna Meyer wurde ein halbes Jahr später seine Frau und hat es nie zu bereuen gehabt. Von Jahr zu Jahr wurde ihr ihr Mann lieber, und obgleich zwischen ihnen kaum einmal ein Wort von Liebe fiel, so wußte der eine, daß er sich auf den anderen immer und ewig verlassen dürfe. Niemals kam Helmbrecht von einer Reise zurück, ohne seiner Frau etwas mitzubringen; wenn es auch nur eine Kleinigkeit war, und wenn es auch kein Tand und unnützer Kram war, sondern etwas, das Erna für sich oder im Haushalte nötig hatte, die Aufmerksamkeit ihres Mannes tat ihr doch gut. Mit der Zeit gewöhnte sie sich auch an seine Augen und daran, daß er ab und zu etwas sonderbar war, einen engen Mund und eine krause Stirn bekam und dann die halbe Nacht bei der Lampe aufsaß und in irgendeinem Buche las. „Das sind so Erinnerungen", hatte er gesagt, als sie ihn einmal gefragt hatte; „das geht vorüber; mach' dir man nichts d'raus." Hinterher konnte er dann wieder lustig sein, und pfiff, wenn er im Garten arbeitete, ein Lied.

Anfangs hatte das junge Paar in Hölsingen zur Miete gewohnt, bis Helmbrecht seinem Schwager eine kleine Baustelle neben der alten Schänke abkaufte, auf der er sich ein hübsches Haus baute, an dessen Wände er Spalierobst pflanzte; in dem Garten davor zog er allerlei Blumen, besonders aber Rosen, die seine ganze Freude waren. Hatte er weiter nichts zu tun, so bastelte er in dem Garten herum, beschnitt die Rosen und band die Oberbäume auf. Meist hatte er aber nicht viel Zeit dazu; denn wenn er nicht auf Handel war, so half er seinem Schwager bei der Landwirtschaft.

Das tat er besonders, wenn er seine schwarzen Tage hatte; denn der einzige Mensch, der wußte, was ihm fehlte, war sein Schwager. Helmbrecht litt nämlich an Ferngesichten. Als sich das Unglück im Bachhause begab, war er gerade mit Schimmelberg beim Mähen; er ließ auf einmal die Sense fallen, wurde weiß im Gesicht und rief aus: „O Gott, o Gott, das Unglück!" Mehr sagte er nicht; aber mittags erfuhr Schimmelberg, daß Friedrich Timmann vom Schlage gerührt sei, und daß im Dorfe das Gerücht gehe, sein Bruder Johann habe im Streit Hand an ihn gelegt.

Nach Jahren hatte er mit seinem Schwager allein eines Nachmittags in der Gaststube gesessen und war plötzlich aufgesprungen und hatte getan, als hörte er etwas Schreckliches. Bald darauf kamen Leute und sagten, der Jagdaufseher Rudow sei totgeschossen im Högenbusche gefunden. Fast ein jedesmal, wenn ein Mensch in der Gegend unglücklich zu Tode kam, hatte Helmbrecht das um dieselbe Zeit gesehen. Schließlich hatte er mit seinem Schwager darüber einmal gesprochen, aber der hatte ganz ruhig gesagt: „Überall ist 'was, August; der eine hat dies, der andere das. Mein Großvater soll das auch gehabt haben. Das ist Schickung. Sag man zu Erna nichts davon. Frauen sind in solchen Sachen wunderlich."

Vor dreiviertel Jahren ist Helmbrechts Frau an Herzschwäche gestorben, die sie von einer alten Lungenentzündung behalten hatte. Als Helmbrecht in Krusenhagen die Grabstelle kaufte, nahm er gleich die danebenliegende dazu, kaufte einen doppelten Stein und gab auch zwei Särge in Arbeit. Als der Pfarrer das hörte, fragte er ihn nach der Beerdigung, weshalb er das getan habe. „Tja, Herr Pastor," hatte Helmbrecht gesagt, „das ist so, über's Jahr liege ich neben meiner Erna; das weiß ich für ganz gewiß." Der Geistliche wollte ihm das ausreden, Helmbrecht aber sagte: „Was ich weiß, daß weiß ich. Ich sterbe über's Jahr, wenn die Kartoffeln heraus sind. Außerdem habe ich keine Lust mehr am Leben, seitdem meine Frau fort mußte."

Nun sitzt er mit dem Samtkäppchen und der Kaffeetasse unter der Linde und wartet auf den Tod. Er liest nicht mehr, er raucht auch nicht mehr; er ist schmal im Gesicht geworden und sehr zusammengefallen, gähnt in einem fort und blickt mit leeren Augen dahin, wo der Kirchturm von Krusenhagen über die Haide sieht, neben dem seine Frau liegt, und wohin sie ihn selber fahren werden, sobald die Kartoffeln über der Erde sind.

DAS SCHULHAUS

Jedem Menschen, der nach Ohlenhof kommt, fällt es sofort auf, wie gut erzogen die Kinder im Dorfe sind; ein jedes, das ihm begegnet, bietet ihm freundlich die Tageszeit.

Führt ihn dann sein Weg an dem Schulhause vorbei, so bleibt er gern stehen, um einen Blick in den Garten zu werfen, der in seiner Art eine Sehenswürdigkeit ist; denn er ist ganz von Tuffsteinblöcken erfüllt, auf und zwischen denen lauter Alpenblumen und andere Gewächse auf das beste grünen und blühen, so daß er sich reizend ansieht.

Der Lehrer, der das geschaffen hat, heißt Eggerding. Er ist ein schlanker Mann, Ende der vierziger Jahre, mit einem ernsthaften, aber zufriedenen Gesichte. Seinen blauen Augen sieht man es an, daß ein besonderer Geist dahinter wohnt. Er trägt den Kopf so hoch, wie die großen Bauern, und grüßt keinen Menschen eher, selbst den Vorsteher nicht, als bis man Anstalten dazu macht.

Das tut er aber nicht aus Hoffahrt und Einbildung. Er hat noch die Zeiten durchgemacht, in denen der Schulmeister knapp so viel im Dorfe galt, wie ein guter Knecht, und deshalb hat er sich mit Absicht und Überlegung ein steifes Genick und ein langsames Handgelenk angewöhnt. Daran aber, daß nicht nur die Schulkinder blanke Augen bekommen, wenn sie ihm in die Möte kommen, sondern auch das halbwüchsige Volk ihm mehr als freundlich die Tageszeit bietet, ist sofort zu sehen, daß er ein vorzüglicher Lehrer sein muß, und daß es mit seinem Stolz eine eigene Bewandtnis hat.

Die hat es auch. Ohlenhof hatte vordem einen kränklichen und schwachen Lehrer gehabt und nach dem einen, der eine mehr als liederliche Haut war, seiner Stelle entsetzt wurde und verschollen ging. Infolgedessen war die Schuljugend des Dorfes etwas wild aufgewachsen, und die meisten Lehrer, die sich um die Stelle, die auch in anderer Hinsicht nicht sehr günstig war, bewerben wollten, gaben das auf, als sie sich im Dorfe umgesehen hatten. So mußten die Ohlenhöfener froh sein, daß sie Eggerding bekamen.

Wenn der alte Diesbauer nicht gewesen wäre, so hätten sie ihn nicht genommen; denn es ging ihm ein dunkles Gerücht voraus. Aber der alte Dies, der damals im Schulvorstande saß, hatte Gefallen an dem jungen Manne gefunden, war mit ihm nach Hannover gefahren und hatte sich bei dem Provinzialschulkollegium nach ihm erkundigt und dann in der Schulvorstandssitzung gesagt: „Ich bin für den Mann! Kein reiner Mensch kann was dafür, wenn ihm jemand von hinten gegen den Rock spuckt. Was anderes ist es mit dem Manne nicht gewesen." So bekam Eggerding die Stelle.

Er machte sich mehr als gut. Es dauerte nicht lange, und er hatte die Schulkinder, von denen ein Teil gehörig verwahrlost war, so in der Ordnung, daß selbst die Leute, die anfangs am meisten gegen ihn waren, auf seine Seite traten, und es ihm noch nicht einmal nachtrugen, als auf seine Veranlassung das alte Schulhaus durch einen Neubau ersetzt wurde, eine eigene Pumpe und einen Turnplatz sowie eine Büchersammlung bekam, was vielen Leuten recht überflüssig schien. Er verstand es aber, so wie im Schulvorstand als auch bei dem Bauernmale, bei dem er, da die Schule Brinksitzerrechte besaß, Sitz und Stimme hatte, seine Meinung so ruhig und fest vorzutragen, daß wenig dagegen einzureden war. Als der Ludjenbauer ihm einmal entgegen war, meinte er ganz gelassen: „Wenn Sie meinen, daß die Gemeinde zu arm ist, um sich ein anständiges und gesundes Schulhaus zu leisten, so bitte ich, das zu Protokoll zu nehmen, damit wir die Regierung um Zuschuß bitten können." Daraufhin ließ der Ludjenbauer seinen Einwand schnell fallen.

Trotzdem Lehrer Eggerding die Achtung von allen Leuten im Dorfe hat, hält er sich sehr zurück. Ganz selten, und meist nur, wenn eine notwendige Gelegenheit dafür vorliegt, läßt er sich im Kruge sehen, und näheren Verkehr pflegt er wenig im Dorfe. Wenn es der Zufall mit sich bringt, kehrt er wohl einmal im Forsthause ein und verbringt eine Stunde mit dem Hegemeister Oberheide, oder bespricht sich mit dem Diesbauern über Schulangelegenheiten, bleibt auch einmal bei Tante Janna stehen und läßt sich von ihr ihre Gemüsebeete und Obstbäume zeigen; im allgemeinen hält er sich aber für sich selbst, verreist jedoch auch oft und bekommt ab und zu Besuch von auswärts.

Anfangs zerbrach man sich im Dorfe den Kopf über die Leute, die den neuen Lehrer besuchten, und die so ganz verschiedener Art waren, und über die vielen Briefe und Pakete, die er bekam und fortschickte, so wie darüber, daß er in seiner freien Zeit in der Haide und im Moore ganz allein herumging und alle Augenblicke etwas aufnahm, es besah, fortwarf oder einsteckte. Zuerst meinte man, es sei Wichtigtuerei, dann glaubte man, der Lehrer habe einen kleinen Splitter im Kopfe, und schließlich nahm man das so hin, wie anderer Leute Eigenheiten.

Als er sich verheiratete, meinte man, daß er umgänglicher werden und nicht mehr allein in Moor und Haide herumstrolchen würde; doch es blieb, wie es war. Aber ganz dumme Gesichter gab es, als es sich herumsprach, daß der Lehrer bei der Steuererklärung angegeben habe, er hätte zwei naturwissenschaftliche Sammlungen für 6000 und 8000 Mark an amerikanische Museen verkauft, und mancher Mann schüttelte den Kopf und dachte: „Na, so dumm auch! Wo es doch keiner wußte!"

Lehrer Eggerding ist nämlich ein ganz bedeutender Flechtenkenner, und er hatte sich um die Stelle in Ohlenhof deshalb beworben, weil, wie er von einem Celler Botaniker, der bei Ohlenhof für ihn gesammelt hatte, wußte, daß die Gegend ganz besonders reich an der schwierigen Gruppe der Cladonien, der Renntierflechten, sei. Diese hatte er von jeher mit Vorliebe gesammelt und getauscht, so daß er schließlich im

Besitze der umfangreichsten Cladoniensammlung der Welt und weit und breit als der beste Kenner dieser schwer zu bestimmenden Pflanzengruppe bekannt war.

Tag für Tag fast kommen Sendungen von Museen und Sammlern an ihn, die er zu bestimmen hat, und es vergeht kaum ein Monat, daß er nicht Besuch von Forschern bekommt, mit denen er stundenlang über seinen Mappen sitzt oder in der Haide und im Moore auf die Suche geht. Wenn er wollte, könnte er längst von einem naturwissenschaftlichen Museum angestellt sein; denn mehr als einmal ist ihm eine Stelle als Kustos angeboten. Er will aber in Ohlenhof bleiben, einmal, weil er gern Lehrer ist, dann, weil er nirgendwo eine so reiche Cladonienflora finde, wie hier und schließlich, weil er befürchtet, daß seine Wissenschaft ihm, müßte er sie als Beruf betreiben, nicht mehr soviel Freude machen könnte, als jetzt, wo sie ihm eine erquickende Liebhaberei ist.

Er hatte sich sein Leben einst anders gedacht. Ein großer Botaniker, Weltreisender und Hochschullehrer wollte er werden. Doch als er Unterprimaner wurde, verlor seine Mutter ihr Vermögen bis auf einen kleinen Rest durch den Zusammenbruch einer Bank. Da wurde er Schullehrer. In seiner ersten Stelle hatte er einen Geistlichen über sich, der als blinder Eiferer bekannt war, und als der es herausbekam, daß der junge Lehrer darwinistische Aufsätze in botanischen Zeitschriften schrieb und mit Leuten verkehrte, die als Gotteslästerer galten, behandelte er ihn so hart, daß Eggerding sich in einer Weise gegen ihn stellte, die sich für ihn nicht gehörte. Auch sonst war er barsch und hart und machte sich dadurch einige Leute im Dorf zu Feinden. Einer von diesen überbrachte es dem Superintendenten, daß der junge Lehrer sich auffallend viel um ein Mädchen kümmere, das ebenso hübsch und vor der Zeit erwachsen, als törichten Geistes und schwächlicher Seele war. Das Kind wurde so lange durch Fragen geängstigt, bis es in seiner Verwirrung Dinge aussagte, die gegen den Lehrer zu sprechen schienen. Er wurde seiner Stelle enthoben, unter Anklage gestellt, aber vor Gericht gänzlich freigesprochen.

Er wäre wieder in seine Stelle eingesetzt worden, wenn nicht ein Freund von ihm sich an einen Redakteur gewandt hätte, der sich mit allzuviel Eifer seiner annahm und so scharf gegen den Superintendenten, den Schulvorstand, der ganz unschuldig an der Sache war, und das Dorf, von dem eigentlich nur ein einziger Mensch sich gegen den Lehrer versündigt hatte, vorging, daß die Wiederanstellung dadurch unmöglich wurde. Der Fall hatte soviel Lärm gemacht, daß es der Regierung nicht leicht wurde, Eggerding unterzubringen, zumal er auf seinem Kopf beharrte und in der Provinz bleiben wollte, was ihm nicht verwehrt werden konnte. Schließlich kam er in Ohlenhof unter, sehr nach seinem Wunsche, der reichen Cladonienflora halber, die es dort gab.

Im Dorfe hat man so recht keine Ahnung, was der Schulmeister in der Gelehrtenwelt bedeutet. Man weiß, daß er irgendwelche Moose oder dergleichen sammelt, die er sich gut bezahlen läßt, daß er ein tüchtiger Lehrer und ordentlicher Mann ist. Aber daß er Ehrenmitglied mehrerer naturwissenschaftlicher Vereine, ein Freund hochgestellter Gelehrter, ein hervorragender Forscher ist, das weiß in Ohlenhof kein Mensch und in der Umgegend nur Pastor Wöhlers in Krusenhagen, der auch ein ganz guter Botaniker ist.

Lehrer Eggerding legt auch gar keinen Wert darauf, daß man in Ohlenhof weiß, daß er in der großen Welt etwas gilt. Er ist ein musterhafter Lehrer. Daß er nebenher ein anerkannter Forscher ist, ist seine Sache, die im Dorfe keinen Menschen etwas angeht.

Noch nicht einmal seine Frau, eine Besitzerstochter aus seiner Heimat, ist sich recht klar darüber, daß die Liebhaberei ihres Mannes mehr als eine bloße Spielerei ist. Sie weiß nur, daß ihm das ein gutes Stück Geld einbringt.

DER LÜTKENSWEERSHOF

Die beiden Sweershöfe liegen sich gerade gegenüber, rechts von der Straße liegt der Grotensweershof und links von ihr der Lütkensweershof.

Ehedem hatte es Sinn und Verstand, daß die beiden Höfe durch ihre Beinamen unterschieden wurden; heute ist das nicht mehr der Fall, wenn auch der eine ein Vollmeierhof ist und der andere ein Halbmeierhof; denn durch Erbschaft und Zukauf ist mit der Zeit so viel Land an den Lütkensweershof gekommen, daß er größer ist als der Grotensweershof.

Deswegen gilt dieser aber doch mehr als der andere, einmal aus alter Gewohnheit, und dann auch, weil Grotensweer mehr Ansehen hat als Lütkensweer. Er ist ein stiller Mann, der sich wenig sehen läßt und noch weniger aus sich macht, und Lütkensweer ist groß und breit, hat ein rotes Gesicht und eine laute Stimme, und wo er ist, hört man ihn heraus, aber Ansehen hat er darum doch nicht, trotz seines Schnauzbartes, und obzwar er auch alltags weiße Wäsche trägt.

Das kommt nicht daher, daß er auf den Hof geheiratet hat und eigentlich Wiegmann heißt; denn das haben mehrere im Dorfe getan, und auch nicht deswegen, weil er mehr als nötig in den Wirtschaften liegt und auch in der Woche Karten spielt; denn das kann er sich leisten, weil sein Hof gut imstande ist, und dann ist er nebenbei Viehhändler und muß darum viel auf der Landstraße liegen. Aber er gilt im Grunde nicht so viel, wie ein guter Knecht.

Wenn er im Kruge sitzt und beim Kartenspielen auftrumpft, daß die Gläser Polka tanzen, und mit seiner lauten Stimme Witze erzählt, eine Runde nach der anderen ausgibt und lacht, daß die Hunde an zu bellen fangen, dann sollte man meinen, wunder was für ein Gewicht er hat. Aber wenn er hinausgeht, dann sehen ihm die anderen Bauern so nach, als habe er einen Flecken an dem Rocke; die Anbauern und Häuslinge und Knechte sind vertraulicher mit ihm als mit den anderen Bauern; und wenn er in der Gemeindeversammlung seine Worte auch noch so gut setzt, die anderen Bauern gehen darüber hinweg, wie der Wind über den Roggen. Er hat Sitz und Stimme, denn er ist Halbmeier, aber das ist auch alles. Das richtige Ansehen, wie es einem großen Bauern zukommt, hat er nicht.

Als er heiratete, war das anders. Er war mit dem halben Dorfe verwandt, und so sah man es ihm nach, daß er mehr redete, als nötig war, nicht gut an einer Wirtschaft vorbeigehen konnte und öfter einen ausgab, als das üblich war. Jeder hat seine Eigenheiten, und da er seine Arbeit tat und eine glückliche Hand beim Viehhandel hatte, auch ein gefälliger Mensch war und nie etwas tat, das gegen das allgemeine Wohl verstieß, so ließ man ihn gewähren und gewöhnte sich an sein Prahlen und Auftrumpfen. Zudem rechnete man es ihm hoch an, daß er den Viehhandel des Dorfes auf einen besseren Weg brachte und höhere Preise herausschlug, als die Bauern bislang bekommen hatten, und so war er bei allen Leuten beliebt, besonders bei den Frauenzimmern, denn für jede hatte er einen lustigen Schnack.

Mit einem Male wurde das anders. Seine Frau, die schöne Ernestine Lütkensweer, eine Frau mit einem Gesichte wie Milch und Blut und den lustigsten blauen Augen, die es gab, kam mit einem toten Jungen nieder. Das war ein Unglück, das überall vorkommen konnte, aber es ging das Gerede im Dorfe, daß der Bauer schuld daran sei; denn die Dienstleute hätten gehört, daß die Bäuerin geweint und gerufen hatte: „Und das sage ich dir: gesunde Kinder will ich haben, und wenn ich sie aus der Erde graben soll!“ Sie war dann mehrfach in die Stadt gefahren mit ihrem Manne, und eines Tages kam der nicht wieder, denn es hieß, er müsse eine Kur durchmachen, weil er es an der Lunge habe. Das glaubte nun kein Mensch; denn er hatte eine Brust wie ein Bulle und hatte sein Lebtag nicht gehustet. So machte man sich denn seine eigenen

Gedanken, bis es sich herumsprach, daß er in Bad Nenndorf war, und da dachte man sich sein Teil.

Nach einem halben Jahre kam er wieder. Er war ganz mager geworden und sah blaß und alt aus, erholte sich aber mit der Zeit und wurde wieder so dick und so rot im Gesichte, wie vordem, bekam auch seine gute Laune wieder, und seine Frau war vor den Leuten zu ihm, wie es sich gehört. Aber sie schlief für sich, und ab und zu merkte es das Gesinde doch, daß sie die Hosen anhatte, und daß er sie in allen wichtigen Angelegenheiten fragen mußte. Und so ganz langsam verlor er das Ansehen, das er hatte. Er wurde nicht für voll genommen. Man sprach nicht laut darüber, aber man wußte, daß er nichts zu bedeuten hatte auf seinem Hofe, daß die Frau das Leit in der Hand hatte, und daß er tun mußte, was sie wollte.

Hätte er sich gesträubt, so hätte er mehr Achtung gehabt. Aber das tat er nicht, denn er war gutmütig von Haus aus und wußte, daß er der schuldige Teil war. Draußen im Lande blieb er der große Mann, und auch im Kruge prahlt er genug, aber wenn er aufsieht, hat er einen schiefen Blick, und mitten im Lachen bleibt er ab und zu stecken, gerade, als wenn ihm jemand das verboten hätte. Auf seinem Hofe sagt er nicht viel, und wenn er es tut, dann spricht er leise. Seine Frau aber spricht hell und laut. Zwei Jahre lang sah sie blaß und düster aus, aber seitdem sie die beiden Jungen und das Mädchen hat, ist sie wieder die schöne Frau von vordem und blüht wie eine Rose. Die Kinder halten von ihr alles, aber von dem Vater nichts, trotzdem sie noch alle in die Schule gehen. Als sie noch ganz klein waren, merkten sie schon, wer im Hause etwas zu sagen hatte, und danach richteten sie sich.

Auch er macht sich aus den Kindern nichts. Er ist freundlich zu ihnen, aber bloß so von obenhin, als wären es nicht seine eigenen Kinder. Das sind sie auch nicht. Jeder erwachsene Mensch im Dorf weiß das, aber man spricht darüber nicht. Wenn die Frauen zusammenkommen, tuscheln sie wohl darüber, wer Vater zu den Kindern sein mag, aber ob sie auch hin-

und herraten, sie bekommen es nicht heraus. Kein Mensch kann der Lütkensweershofbäuerin nachsagen, daß sie eine Liebschaft hat, weder auf dem Hofe noch im Dorfe, oder sonstwo. Der Großknecht ist sicher nicht ihr Liebhaber, denn er ist alt und krumm; der Häusling ist es auch nicht, denn er hat dunkles Haar und schwarze Augen, und die Kinder sind blauäugig und haben Haar wie Haberstroh. Und sonst weiß man auch niemand, auf den man Verdacht haben könnte, zumal die Bäuerin nicht mehr verreist als die anderen Frauen.

Es ist auch kein Mensch im Dorfe, der sie mißachtet. Man weiß, daß sie keine liederliche Frau ist, die sich wegschmeißt, weil sie sich nicht bezähmen kann. Man weiß, daß sie ihrem Manne eine gute Frau sein würde, wenn sie von ihm gesunde Kinder haben würde. Aber kein Mensch verdenkt es ihr, daß sie keine elenden Kinder haben will, oder daß sie, ohne einen Hoferben nachzulassen, sterben mag.

So hat sie bei allen Leuten volle Achtung, sogar bei dem Pastor, obgleich seine Frau einmal etwas munkeln hörte. Aber als sie zu ihrem Manne darüber sprechen wollte, wehrte der ab und sagte: „Dorfklatsch, liebe Elfriede, weiter nichts. Lütkensweer und seine Frau leben im besten Einvernehmen. Wenn sie nicht so schön wäre, die Frau, kümmerte sich kein Mensch um sie. Es ist Neid, weiter nichts." Als er das sagte, sah er vor sich hin, und da wußte seine Frau, daß sie eins von den Dingen berührt hatte, über die ihr Mann nicht gern sprach, weil er selber ein Bauernsohn war.

Er läßt sich der Bäuerin gegenüber auch nie etwas merken, er nicht und kein anderer. Darum kann sie den Kopf so hoch halten, als wäre alles in bester Ordnung, viel mehr als ihr Mann.

Der hält ihn bloß vor den Leuten hoch. Ist er allein, so läßt er ihn hängen wie ein abgehalftertes Pferd.

Er ist ja auch abgehalftert.

DER KORLSHOF

Auf keinem Hofe in ganz Ohlenhof geht es so still zu, wie auf dem Korlshofe; das macht, weil bloß ein Häusling darauf wohnt, denn die Hengstmanns oder Korlsbauern, wie sie meist genannt werden, sind bis auf eine Tochter ausgestorben.

Der Korlsbauer war schon von jeher ein Mann von wenig Worten, aber seitdem seine Frau nach dem ersten und einzigen Kinde, einer Tochter, zu liegen kam, sprach er bloß noch ganz wenig mehr; denn er grämte sich, daß er keinen Hoferben hatte, und daß sein Name, der siebenhundert Jahre bei dem Hofe gewesen war, verschwinden sollte.

Seine Frau hatte er das aber keinmal entgelten lassen. Er ertrug es mit Geduld, wenn sie am Tage in einem fort seufzte und stöhnte, und er murrte nicht, mußte er nachts bei ihr aufsitzen und ihre Hand halten, wenn sie ihr schweres Herzklopfen hatte.

Er bildete sich ein, daß er die Strafe verdient habe; denn er hatte seine Frau bloß geheiratet, weil die Familien es so abgemacht hatten, und ihretwegen eine Häuslingstochter mit einem Kinde sitzen lassen. Er hatte sich in Frieden mit dem Mädchen auseinandergesetzt, das hinterher einen guten Mann bekam, und der Junge wurde ein tüchtiger Mensch, aber Hengstmann wurde vor sich den Vorwurf nicht los, daß er unrecht gehandelt habe, bloß weil er vor seinem Vater Angst hatte; denn der hatte auf den Tisch geschlagen und geschrien: „Auf den Korlshof heiratet keine Häuslingstochter und damit basta! Willst du es dennoch tun, so geh deiner Wege!" So hatte er denn eine Bauerntochter geheiratet. Sie brachte ein Mädchen zur Welt und blieb von da ab ein halber Mensch. Hengstmann stieß es das Herz ab, als er einmal in Moorhop, wo sein alter Schatz hingeheiratet hatte, hörte, daß sie außer seinem Jungen noch vier andere habe, einer so stark und gesund wie der andere.

„Das ist die Strafe!“ hatte er gedacht, als er nach Hause kam und seine Frau ansah, die im Backenstuhle saß und stöhnte und mit ihrer weinerlichen Stimme den Mägden Anweisungen gab. Aber er ließ sie seine Gedanken nicht merken und hatte Geduld mit ihr, solange sie lebte. Als sie dann starb, trauerte er von Herzen um sie; denn er hatte sich an sie gewöhnt, und seitdem niemand mehr neben dem Ofen saß und jammerte, war es ihm, als sei kein Leben mehr im Hause.

Das war auch der Fall, denn Luise, seine Tochter, war gar zu still. Sie war ein hübsches Mädchen, bloß etwas bleichsüchtig und so schüchtern, wie es sich nicht für eine Vollmeierstochter gehörte. Niemals ging sie zu einem Tanzfest, machte auch nur gezwungen Besuche bei der Bekanntschaft und schlug in der Kirche nicht einmal die Augen auf. Ihre Arbeit tat sie gut, aber wenn es irgend ging, so ließ sie die Großmagd gewähren, denn es widerstand ihr, Anweisungen zu geben. Ihr Vater liebte sie, gerade weil sie so schüchtern war, aber er schüttelte doch im stillen den Kopf über sie, wenn sie neben der Großmagd stand und sich benahm, als sei das die Bauerntochter und sie selber die Magd. „Das ist die Strafe“, dachte er und seufzte.

Als er einmal am Sonntagnachmittag allein mit ihr zu Hause war, hatte er sie nach allerlei Vorreden gefragt, ob sie sich dagegen sperren werde, wenn er den Hof seinem Sohn geben würde. Sie hatte den Kopf geschüttelt und gesagt: „Tu das, Vater; denn ihm kommt der Hof zu, und ich werde doch wohl nicht freien.“ Da war er nach Hannover gefahren, wo sein Sohn als Unteroffizier stand. Dem Bauern wurde die Brust eng, als er den bildschönen, großen Mann in der blauen Königsulanenuniform vor sich stehen sah, ganz sein Ebenbild, aber mit lustigen Augen und einem frohen Munde. Doch die Augen des jungen Mannes waren kalt und seine Lippen eng geworden, als sein Vater mit seinem Plane herauskam. Er hatte den Kopf geschüttelt und geantwortet: „Ich bleibe beim Militär.“ Ein halbes Jahr darauf fiel er in Afrika. „Das ist die

Strafe", dachte der Korlsbauer, als er davon hörte, und nun sprach er noch weniger.

Mit der Zeit schien es aber doch so, als ob Luise freien werde. Hinrich Lohmann, der zweite Sohn vom Remmerthofe, ein stattlicher und fleißiger junger Mann, fand Gefallen an ihr, und mit einem Male kam Leben in das Mädchen. Ihre Augen wurden blanker, ihre Stimme lauter, ihr Gang freier; und war sie vordem fast zu schlank gewesen, so wurde sie jetzt voll und rund. Auch ihr Vater munterte sich wieder mehr auf, denn die Aussicht, Enkelkinder hüten zu dürfen, frischte ihm das Herz auf. Und er dachte: „Wenn auch die Hengstmanns selber aussterben, der Name bleibt doch beim Hofe," denn Lohmann hatte sich bereit erklärt, darum einzukommen, den Namen des Hofes führen zu dürfen. So wurde es denn abgemacht, daß im Herbste die Hochzeit sein sollte. Die Näherin war schon bestellt, der Heiratsvertrag war aufgesetzt, da bekam der Bauer einen Schlaganfall und starb, ohne wieder zu sich gekommen zu sein.

Luise, die an ihrem Vater sehr gehangen hatte, klappte völlig zusammen und war froh, daß ihr Oheim Lübke aus Howe kam und ihr bei der Beerdigung half. Und da es mitten in der Ernte war, so dankte sie Gott, daß der Ohm, der seinen Hof seinem Sohne gegeben hatte, vorerst bei ihr blieb und nach dem Rechten sah; denn um die Feldarbeit hatte sie sich nie viel gekümmert. Im Grunde hatte sie vor dem Oheim Angst; denn der alte Mann, der mit seinen sechzig Jahren noch wie ein junger arbeiten konnte, war so ganz anders als ihr Vater; er sprach laut und mit einer harten Stimme, alle seine Worte waren klar und bestimmt, und mit einem Blick seiner hellen Augen brachte er die Menschen dahin, wo er sie hin haben wollte. Seine Nichte tat, was er ihr sagte. „Dafür sind die Mädchen da", sagte er, wenn sie sich irgendeine Arbeit vornahm; „schone dich man, du bist noch zu angegriffen." Da sie gern las, so beschaffte er ihr allerlei Bücher, und nun saß sie da und las, oder sie schlief. „Viel schlafen, das tut dir gut", sagte der

Ohm, und war um so freundlicher mit ihr, je später sie aufstand. Ihr Verlobter kam mit der Zeit immer seltener; denn der alte Lübke hatte eine Art, ihn zu behandeln, die ihm nicht zusagte. Schließlich blieb er ganz fort; denn als er einmal wiedergekommen war, war Luise nicht zu sprechen gewesen. „Sie schläft", sagte Lübke; „sie muß jeden Nachmittag ordentlich schlafen, dieweil sie so schwach ist." Hinrich Lohmann hatte nichts gesagt und war nach Hause gegangen. „Na, was ist denn mit dir los?" hatte ihn sein Bruder gefragt, aber er hatte ihm keine Antwort gegeben. Er ließ die Dinge laufen, wie sie wollten. Einmal begegnete Luise ihm, als er durch das Dorf ging, tat aber so, als sähe sie ihn nicht und bog in einen Nebenweg ein. Seitdem ging er ihr aus dem Wege und sprach sie nicht mehr an, wenn sie ihm begegnete. Zuletzt nahm er eine Stelle als Großknecht auf dem Dieckmannschen Hofe in Krusenhagen an, wo der Bauer gestorben war und der Sohn noch in die Schule ging, so daß kein Mann auf dem Hofe war. Wenn er gewollt hätte, konnte er die Bäuerin heiraten; aber da die Kinder, die er mit ihr gehabt hätte, den Hof doch nicht bekamen, so konnte aus der Sache nichts werden und er blieb Großknecht.

Das sind nun sieben Jahre her. Luise Hengstmann zog, als das Trauerjahr fast um war, zu ihrem Vetter nach Howe, dem sie ihren Hof für fünfhundert Taler verpachtet hat. Hätte sie ihn an einen Fremden verpachtet, so hätte sie leicht das Vierfache bekommen. Für Wohnung und Kost bezahlt sie ihrem Vetter die Hälfte der Pachtsumme.

Sie hat es gut auf dem Lübkeschen Hofe. Sie hat ihre eigene Dönze, in der viele Bücher sind, bekommt zu essen, was sie will, braucht keine Arbeit zu tun und kann bis zehn Uhr schlafen, und wenn sie will, noch länger. Das tut sie denn auch. Sie schläft, und wenn sie nicht schläft, dann liest sie, alltags Romane und sonntags erbauliche Bücher. Sie ist noch viel stiller und schüchterner geworden, als sie vor der Zeit war, ehe sie Hinrich Lohmann kennen lernte. Der kümmert sich nicht mehr um sie. Anfangs fragten ihn seine Verwandten wohl einmal, wann er denn freien wolle, aber da er darauf keine Antwort gab, ließen sie ihn in Ruhe.

In Ohlenhof schüttelte anfangs alles die Köpfe, als Lübke den Korlshof pachtete und Luise nach Howe zog, und als es hieß: „Das mit Luise Hengstmann und Hinrich Lohmann ist auseinandergegangen," da sagte manch einer: „Wenn da man nicht eine Niederträchtigkeit von Lübkens Vater hinterstecken tut!" Aber da es keinen weiter was anging, als Luise und Hinrich selber, so ließ man seine Finger davon, und auch Hinrichs Bruder, der Remmertbauer, sagte nichts, so wenig es ihm paßte, daß sein Bruder immer noch Knecht spielte, und daß ihrer Familie der schöne Hof entgangen war. Als der Pastor einmal mit ihm über die Sache redete, antwortete er: „Mein Bruder hat ganz recht; was soll er mit einer Frau, die den halben Tag schläft und die übrige Zeit Romanbücher liest?"

Die Pastorin, die die beiden jungen Leute gut leiden konnte und sie gern wieder zusammengebracht hätte, hatte Luise einmal aufgesucht, konnte aber nicht vertraulich mit ihr sprechen; denn Lübkes nötigten sie in die beste Stube, tischten großartig auf und machten es ihr unmöglich, an das Mädchen heranzukommen. Sie hatte sich deswegen einige Zeit nachher an Hinrich Lohmann herangemacht, aber der hatte bloß geantwortet: „Frau Pastorin, das ist aus. Ich laufe keinem Menschen nach. Ich habe mir ihr gegenüber nichts zuschulden kommen lassen, und sie ist mir aus dem Wege gegangen." Als die Pastorin meinte, das läge wohl weniger an dem Mädchen selber, als an ihrem Oheim und ihrem Vetter, da hatte sie ganz verspielt. „Sie war alt genug, daß sie ihren freien Willen hatte", erwiderte er; „die Schuld liegt bei ihr. Sie meinen es gewißlich gut, Frau Pastorin, aber wenn sie mir jetzt auch selber käme, das renkt sich nicht wieder ein."

Zu ihrem Manne sagte sie dann: „Sie sind wie aus Eichenholz, diese Menschen; es ist schrecklich!" Der Pastor nickte: „Ja, liebe Elfriede, schrecklich ist das wohl im Einzelfalle, aber in der Hauptsache ist es gut. Eichenholz hält viel aus."

DER LUDJENHOF

Der Ludjenhof ist nur ein Halbmeierhof, kann sich aber, was den Ertrag anbelangt, mit den Vollmeierhöfen ziemlich messen, den Dieshof und die Mühle ausgenommen; denn er hat mit das beste Land von ganz Ohlenhof und ist von jeher musterhaft verwaltet worden.

Der Großvater des jetzigen Besitzers war als Geizhals verschrien, weil er jeden Groschen dreißigmal in der Hand herumdrehte, ehe er ihn ausgab, drei Stunden bei einem kleinen Schnapse saß, hatte er notwendig in der Wirtschaft zu tun, seinen billigen Tabak mit allerlei anderen Blättern verlängerte und schlechter im Zeuge ging, als der ärmste Häusling. Er wußte, daß er im geheimen Schecke genannt wurde, der vielen Flicken halber, die er an Hose und Jacke hatte, so daß er so bunt anzusehen war wie eine Kuh. Daraus machte er sich aber gar nichts, und er hatte auch deswegen nicht weniger Ansehen, weil er ein ausnehmend kluger Mann war, dessen Meinung auf dem Bauernmale für doppelt wichtig galt. Als er sich für immer hinlegte, hatte er den Hof um ein Drittel vergrößert.

Sein Sohn war nicht so übersparsam wie er, aber ebenso fleißig, und da seine Frau ihm ein gutes Stück Bargeld zugebracht hatte, so machte er einen großen Teil von dem neuen Lande, das der Altvater zugekauft hatte, teils zu Acker und Wiese, teils zu Holz, baute auch die Stallungen neu und vermehrte den Viehstand ganz bedeutend. Er hatte auch Sinn für das gemeine Wohl. Seinem Betreiben hat es das Dorf zu danken, daß es den Kanal durch das Bruch bekam, obgleich viele Besitzer anfangs dagegen waren, weil sie das viel bares Geld kostete. Es kam aber durch die Verbesserung der Wiesen und Weiden bald genug wieder ein. Als er die Augen zumachte, war der Ludjenhof zwar nicht viel größer, als vordem, aber im Werte sehr gestiegen.

Dem jetzigen Ludjenbur sieht man es nicht am Gesichte an, daß sein Leben eine gute Weile hin und her gegangen ist und ganz romanhaftiger Art war; denn es ist in Ohlenhof kaum ein Mann, der, Müller Kassen vielleicht ausgenommen, so zufrieden aus den Augen sieht wie Konrad Ludewig. Wäre es anders, würde er einen engen Mund und kalte Augen haben, so könnte man ihm das nicht weiter übelnehmen; denn Ursache hätte er mehr als genug dazu gehabt. Aber er hat ein fröhliches Herz mit auf die Welt gebracht und einen leichten Sinn.

Hätte sich sein Leben so ganz glatt abgespielt, so wäre dieser leichte Sinn vielleicht sein Unglück gewesen; so aber half ihm seine Gemütsart über Ärger und Kummer hinweg.

Konrad war der einzige Sohn, aber ein Spätling, und als sein Vater starb, war er noch minderjährig, wogegen seine Schwester Marie schon lange mündig war. Sie war unbefreit geblieben; denn sie galt zwar als sehr fleißig, doch sagte man ihr nach, sie sei geizig und zanksüchtig, so daß es keine Magd auf dem Ludjenhofe lange aushalten konnte, seitdem Marie das Leit hatte; denn die Bäuerin war schon lange tot; sie war aus der Bodenluke gefallen.

Weil Marie zudem so mager wie eine Fuhrenstange war und ein Gesicht wie ein Habicht hatte, so hatte sich niemand gefunden, der sie vom Hofe holte, und deshalb war sie immer gnietschiger und zänkischer geworden.

Der alte Ludjenbur war in seinen letzten Jahren recht sonderbar und zuletzt halb hintersinnig geworden; denn er bildete sich ein, er sei an dem Tode seiner Frau schuld. Das war nun durchaus nicht der Fall, aber er hatte sich das einmal in den Kopf gesetzt. Deshalb war er nicht gern allein, und wer mit ihm umzugehen wußte, der konnte ihn überallhin bringen. Seine Tochter verstand sich nun ausgezeichnet darauf, ihm nach dem Munde zu reden und ihm zu zeigen, daß sie nur an den Hof denke und an den Hoferben; und als der Bauer starb, fand sich eine Verschreibung vor, wonach Marie der Hof gehören sollte, während Konrad mit Geld abgefunden war. Diese Stelle war aber so unklar gehalten, daß Konrad bis zu seiner Großjährigkeit ganz auf den guten Willen der Schwester angewiesen war.

Eine Weile ging das ganz gut, bis sich ein Mann für das alte Mädchen fand, Albers aus Fladder, der gut zu Marie paßte; denn er war ebenso geizig wie sie. Konrad, dessen Vormund Hengstmann sich wenig um ihn kümmerte, weil er zu weich war, um gegen Marie ankommen zu können, war inzwischen zwanzig Jahre alt geworden und merkte schließlich, daß er ganz entrechtet werden sollte; denn bis dahin hatte seine Schwester immer so getan, als handele es sich bei dem Testament nur um eine Formsache. Es kam zum Krach, und er drohte auch mit Klage, aber da er damals gerade dienen mußte, fand er nicht die Zeit dazu, auch fehlte es ihm an Geld; denn seine Schwester ließ ihm nur das Nötigste auszahlen.

Die Erbverschreibung des Ludjenbauern hatte sehr viel böses Blut im Dorfe gemacht, und man erzählte, das Bauernmal sei bei Marie für Konrad eingetreten, habe aber nichts ausrichten können. Als sie nun Albers freite, zeigte es sich, daß die Gemeinde sich gegen Marie stellte. Kein einziger von den Ohlenhofer Voll- und Halbmeiern kam zur Hochzeit, auch aus der Nachbarschaft kamen wenig Zusagen, und selbst von den kleineren Leuten hielten sich so viele zurück, daß es eine ganz kleine und stille Hochzeit wurde, bei der es an Ärger nicht fehlte; denn als das Ehepaar von der Trauung zurückkam, war die Einfahrt voller Kaff und Häcksel geschüttet, und abends flog eine tote Krähe, die mit einer verreckten Katze zusammengebunden war, mitten auf die Diele vor Marie hin, worüber sie sich so ärgerte, daß sie sechs Wochen lang die Gelbsucht hatte.

Albers und seine Frau wurden anfangs ihres Besitzes nicht so recht froh. Wenn Albers auf dem Bauernmale war, so hatte es den Anschein, als sei er nicht da. Er konnte sagen, was er wollte, die anderen hörten nicht darauf hin. Der Vorsteher, der fast immer den Ausschlag gab, hatte den Anfang damit gemacht. Als Albers zum ersten Male einen Antrag stellte, sagte der Diesbur nicht wie sonst: „Der Ludjenbur beantragt," sondern: „Von Herrn Albers aus Fladder ist der Antrag gestellt," und da wußten die übrigen Bescheid. Weil Konrad ein lustiger Bruder war und deshalb bei einem Teile der Jungmannschaft gut gelitten war, so taten diese seinem Schwager einen Schabernack nach dem anderen an. Es wurden allerlei bösartige Sprüche an die große Tür geschrieben, auch rief man hinter Albers „Kuckuck" her, und wenn er, was selten vorkam, in die Wirtschaft ging, so dauerte es nicht lange, und die Knechte erzählten sich ganz laut, wie es der Kuckuck mache, um im fremden Neste dick und fett zu werden. An allen diesen Spöttereien und an den Niederträchtigkeiten, die ab und zu gegen Albers verübt wurden, hatte Konrad aber keinen Anteil.

Mit der Zeit hörten alle diese Albernheiten und Schlechtigkeiten auch auf, zumal es sich herumsprach, daß Konrad beim Militär allerlei Dummheiten machte und schließlich sogar wegen einer bösen Schlägerei mit Festung bestraft war. Als er dann freikam, trat er bei dem Vollmeier Scheele in Hülsingen als Knecht ein. Dort hielt er sich in der Arbeit sehr gut, wenn er auch ab und zu bei Tanzfesten Unfug machte. Er klagte dann gegen seine Schwester auf Herausgabe des Hofes, verlor den Prozeß aber ganz und gar, nicht allein, weil sie die Erbverschreibung vorweisen konnte, sondern auch deswegen, weil er zu leichtsinnig gelebt hatte. Von diesem Augenblick an wurde er ein ganz anderer Mensch.

Er machte einen Strich unter sein früheres Leben, arbeitete, was er nur konnte, und hielt sich so ordentlich, daß er auf dem Scheelenhofe fast wie ein Sohn gehalten wurde. Nach Ohlenhof ging er gar nicht mehr, und wenn er mit einem von seinen alten Freunden zusammentraf, und der die Rede auf Albers und den Ludjenhof brachte, so winkte er mit der Hand ab und sagte: „Ich will da nichts mehr von hören;

ich bin darüber weg." Seiner Schwester und seinem Schwager ging er aus dem Wege.

Frau Albers hatte es in ihrer Ehe nicht gut getroffen, schon deswegen nicht, weil sie ihrem Manne den Hof nicht verschrieben hatte. Es hieß, sie habe das vorgehabt, aber der Diesbur und die anderen Vollmeier hätten ihr das bei Strafe des Strohwisches verboten. Sie war früher schon im Dorfe nicht beliebt gewesen und wurde es immer weniger, je fleißiger und ordentlicher ihr Bruder wurde. Ihrem Manne ging es ebenso. Er wußte, daß er von vornherein in einer schiefen Stellung war, und so war er bald zu ducknacksch, bald zu dicknäsig aufgetreten, hatte sich auch durch seine zu große Genauigkeit bei den Knechten und Arbeitern keinen guten Namen gemacht. So hatten beide kein schönes Leben miteinander, und es kam oft zu Streit und Widerworten zwischen ihnen, was sonst in Ohlenhof nicht gebräuchlich zwischen Eheleuten ist. Dann kam die Bäuerin sehr schwer nieder, brachte ein kümmerliches Kind zur Welt, das bald starb, kränkelte von da ab beständig und wurde immer stiller und frömmer.

Als Konrad fünfundzwanzig Jahre alt war, starb sein Schwager im besten Alter an der Lungenentzündung, weil er aus Geiz zu spät nach dem Arzt hatte schicken lassen. Kurz darauf wurde Marie so krank, daß sie Konrad rufen ließ. Was zwischen Bruder und Schwester beredet ist, weiß kein Mensch, außer dem Diesbauern, und der spricht nicht darüber. Konrad zog auf den Ludjenhof, und als seine Schwester wieder gesund war, fuhr er mit ihr zum Amtsgericht, wo er von Marie in alle seine Rechte eingesetzt wurde. Zwei Jahre darauf freite er Albertine Scheele, die ihm eine tüchtige Frau wurde.

Seine Schwester lebte noch einige Jahre bei ihm, ging der Frau in allem zur Hand, soweit ihre Gebrechlichkeit das zuließ, und nahm sich der Kinder wie eine Großmutter an. Als sie starb, folgte fast das ganze Dorf dem Sarge, und ihrem Bruder kamen die Tränen aus den Augen, als er die drei Schollen in die Gruft warf.

Er hatte vergessen, was sie ihm einst angetan hatte; denn sie war seine Schwester gewesen und geblieben trotz alledem.

DIE MÜHLE

Mitten in den Wiesen, aber von allerlei Bäumen so verdeckt, daß kaum ihr Giebel zu sehen ist, liegt die Mühle.

Der Müller heißt Kassen; seit dreihundert Jahren sitzen die Kassens auf der Mühle. Soweit man zurückdenken kann, haben die Kassens alle einen Ekelnamen gehabt. Der Vater des Müllers hieß Tjawollja; denn meist sagte er nichts anders als „Tjawollja".

Sein Sohn, der jetzt die Mühle hat, spricht mehr. Zu Hause spricht er nicht viel, aber in Gesellschaft genug, meist aber lauter halbe Sätze. Deswegen heißt er Quassel.

Den meisten Unsinn redet er, wenn es sich um ein Geschäft handelt; je wichtiger das Geschäft ist, um so mehr Korn und Kaff redet er dann durcheinander. Er redet die Leute krank und elend, und wer ihn zum ersten Male hört, hält ihn für unklug, zumal er hinter jedem halben Satz wie albern lacht, alle Augenblicke eine Prise nimmt und sich eine Weile mächtig schneuzt.

„Gib mir'n Schnaps, Schimmelberg," sagt der Viehhändler Meyerstein und trocknet sich mit seinem roten Taschentuche die Stirn; „ich bin rein alle. Ich hab' Quassel eine Kuh abgekauft. Gott soll mich strafen, wenn ich es wieder tu'. Der Mann redet einem die Stiebel von die Füß' und das Hemd von's Leib. Einen Stuß redet der Mann, nicht zu sagen, und hinterher ist man der Dumme. Gib mir noch'n Schnaps, Schimmelberg!"

Unterdessen sitzt der Müller vor der Türe, in der Hand die halblange Pfeife. Die Rosen duften, die Nachtigall schlägt im Ellernbusch, die Forellen im Mühlenteiche gehen nach Abendfliegen auf, und Quassel ist zufrieden; er hat den Viehhändler matt und mürbe geredet und die Kuh zu einem guten Preise losgeschlagen.

Er weiß, wie ihn die Leute nennen, aber er lacht darüber. Der eine macht sein Geschäft damit, daß er klug redet, Kassen redet dummes Zeug und kommt dadurch ebenso weit.

Wenn der Lohörster Baron den Namen Kassen hört, bekommt er einen roten Kopf und flucht in sich hinein. Als das Dorf und der Baron Bruchland austauschten, ließ sich der Vorsteher krank melden, und der Müller mußte in das Vordertreffen.

„Liebster Tesel", sagte die Freifrau zu ihrem Manne, „was hat der Mann bloß für einen Heringsalat zusammengeredet. So etwas habe ich mein Lebtag noch nicht gehört, aber das war ungefähr so, als wenn eine wilde Sau Eicheln sucht; hü und hott durcheinander!"

Ihr Mann nickte mit dem Kopfe: „Ja, mein Herze, er hat so viel Kraut und Rüben durcheinander geredet, bis mir selber dumm zumute wurde. Das Schlimme dabei ist nur, daß er sich selber nicht dösig quasselt. Das ist ein Leimsieder. Er weiß ganz genau, warum ich gerade die alte Sauerwiese haben muß, die für ihn gar keinen Zweck hat, aber ich habe sie teuer bezahlen müssen. Überhaupt die Kassens; der Teufel soll sie lotweise holen!"

Das hatte der alte Baron auch schon gesagt; denn die Mühle hatte ehedem zu Lohorst gehört und die Kassens waren nur Erbpächter gewesen. Sie behaupteten zwar, ursprünglich wäre die Mühle ihr Eigentum gewesen, was schon allein daraus zu entnehmen wäre, daß auf dem Torbalken der alten Mühle nicht das freiherrliche Wappen, sondern die Kassensche Hausmarke eingehauen war, und Tjawollja sagte, sein Vater habe ihm heilig und teuer versichert, die Lohörster Herrschaft habe sich durch Lug und Trug in Besitz der Mühle gesetzt.

Das half ihm aber alles nichts; jedes Jahr am Jakobitage mußte er nach Lohorst und die Pacht abliefern. Zu Fuß mußte er kommen und barhäuptig die Schloßtreppe hinaufgehen; denn so war es in dem Vertrage bestimmt, und wenn auch der Gutsherr ihn auf der Treppe abfing und ihn nötigte, sich zu bedecken, ärgern tat es ihn doch, daß er wie ein höriger Mann ankommen mußte.

Er sagte aber nichts, denn geschrieben ist geschrieben. Er zählte die Pachtsumme in Gold auf den Tisch und den neuen Groschen und den roten Pfennig, wie es in der alten Schrift stand, aber das doppelte Butterbrot und den großen Schnaps, der ihm für den Weg zukam, nahm er nie an, sondern sagte jedesmal nur: „Tjawollja, Herr Baron, aber ich habe schon gefrühstückt, tjawollja." Wenn der Gutsherr aber nachher am Gutskruge vorbeikam, dann saß Kassen jedesmal vor einem frisch angeschnittenen Schinken vor der Türe und trank mit dem Krüger eine Flasche Rotwein zu zwei Talern.

Der alte Baron war kein besonderer Landwirt und überließ die Landwirtschaft ganz seinem Inspektor, und was der ihm riet, das tat er. Da nun der alte Kassen und der Inspektor gut Freund waren, so kam es, daß der Müller das Wiesenland, das bei der Mühle lag, und das der Herrschaft gehörte, nach und nach aufkaufen konnte. Dann klagte er darüber, daß er, seitdem die Landstraße gebaut wäre, einen so schlechten Zuweg zu der Mühle habe, und daß ihm der Weg das Land zu sehr zerschneide, und schließlich verkaufte ihm der Baron den Weg, und Kassen legte einen neuen Weg an, der durch die Wiesen führte. Und dann starb er.

Er starb an einem eingequetschten Bruche, den er sich beim Schützenaufziehen gehoben hatte. Als er sich legen mußte, weil er schreckliche Schmerzen hatte, mußte sein Sohn heimlich den Arzt holen lassen, und der Alte war sehr unzufrieden darüber; denn er hatte in seinem ganzen Leben noch keinen Doktor nötig gehabt.

Der Doktor kam, untersuchte den Bruch und sagte: „Ja, Kassenvadder, das hilft nun nichts; Ihr müßt in die Stadt nach der Klinik. Ansonsten werdet Ihr nicht wieder gesund." Der Müller, der sich vor Wehtag im Bette bog, fragte ihn: „Tjawollja, Herr Doktor, aber kann ich hinterher denn noch wieder Arbeit tun?" Der

Arzt schüttelte den Kopf. „Dann bleibe ich, wo ich bin!“ sagte der Müller.

Kein Zureden half. Der Pastor kam, der Vorsteher kam, die Baronin kam, aber Kassen schüttelte nur den Kopf und sagte: „Als'n Krüppel will ich nicht leben; ich müßte mich ja vor mir selber schämen, tjawollja.“ Vier Wochen quälte er sich hin und biß einen ganzen Lederriemen, den er sich hatte geben lassen, in Stücke, weil er nicht schreien wollte. Wenn aber die Schmerzen von selber nachließen, oder weil der Arzt ihm Morphium eingespritzt hatte, dann lachte er manchmal hell auf und nickte seinem Sohne zu, und so traurig dem zu Sinne war, er lächelte doch; denn er wußte, warum sein Vater so oft auflachen mußte, und daß er das nicht tat, weil er vor Krankheit albern geworden war, wie der Pastor gemeint hatte, als er ihm Trost zusprach und Kassen mitten im Beten loslachte.

Er starb bei hellem Verstande mit dem Lederriemen zwischen seinen langen, gelben Zähnen; als er schon halb hinüber war, sah es aus, als ob er noch lachen wollte, und als er tot war, hatte er ein halbes Lachen um den Mund, so daß es im Dorfe hieß, er würde einen aus der Familie nachholen. Es war aber kein Lachen auf baldiges Wiedersehen, das er um die Lippen hatte, kein seliges Lachen und auch kein tückisches, es war das Grienen, das der Alte an sich hatte, wenn er den Viehhändler angeschmiert hatte. Ein Vierteljahr später wußte man im Dorfe, warum er bis über das letzte Gebet gelacht hatte, und alles lachte mit.

Nur der Baron lachte nicht, und noch ein Jahr nachher schimpfte er Mord und Brand, wenn von der Mühle die Rede war, und nannte alles, was Kassen hieß, ausgemachte Halunken und in der Wolle gefärbte Leutebetrüger, bis das dem Müller zu Ohren kam; da mußte der Baron vor Gericht und sich mit ihm vergleichen, was ihn zehn Taler in Gold, einen neuen Groschen und einen roten Pfennig kostete, und nur mit Rücksicht auf seine weißen Haare stand der Müller davon ab, daß der Gutsherr ihm das Geld selber in das Haus bringen mußte. Hinterher lachte der Freiherr zwar über die ganze Geschichte, aber wenn er an der Mühle vorbeifahren mußte, dann drehte er den Kopf nach der anderen Seite.

Verdenken konnte man ihm das auch nicht; denn der alte Kassen hatte ihn schön hineingelegt. Als der neue Müller dem Baron die Pachtsumme brachte, kam er ganz gegen den Gebrauch zweispännig vorgefahren, behielt den Hut auf der Treppe auf und zahlte die Pacht nicht in Gold, sondern in Silber, legte auch keinen neuen, sondern einen abgegriffenen Groschen und einen Pfennig hin, der schwarz und schmierig war. Darüber wurde der Freiherr falsch und sagte ihm, von nun an müsse er eine höhere Pacht zahlen; alles sei teurer geworden, und die Mühle bringe das Zehnfache von dem ein, was früher damit verdient wäre.

„Tja, Herr Brron“, sagte Kassen darauf, nahm eine Prise und schneuzte sich ausgiebig; „tja, Herr Brron, das sagen Sie wohl so. Aber daß die Löhne teurer geworden sind und dann das mit dem Hochwasserschaden und überhaupt die vielen Ärgernisse, wo doch alle Zucht aus den Leuten ist und kein Gottesglauben, Herr Brron, indem daß so ein Geselle alltags Tobak raucht und die Dirns sich wer weiß was auf das Leib ziehen und womöglich aus purer Hoffart jeden Sonntag in die Kirche wollen, und was meine Frau ist, die kann das Melken machen, und denn ist noch zu bedenken, was die Kassens aus der Mühle alles gemacht haben, Herr Brron, in dem daß es früher doch man eine Klippmühle war und nun eine ordentliche Mühle mit Doppelbetrieb, wozu die Herrschaft nicht einen roten Pfennig zu beigetragen hat, Herr Brron, und deswegen sollte sich der Herr Brron das doch erst noch überlegen mit der Pachterhöhung; denn was ich bin, ich kann darauf nicht eingehen, weil es eine Unbilligkeit ist und eine Härte, Herr Brron.“

„Na, denn man zu“, sagte der Gutsherr; „dann sage ich Ihnen hiermit auf, Kassen; ich kriege wohl noch einen andern Pächter.“

Der Müller nahm eine Prise und schneuzte sich: „Tja, Her Brron, tja, das ist wohl möglich, es gibt ja Müllers genug, und die Mühle ist gut, bloß daß ich meine, wenn der neue Pächter kein Hexenmeister ist oder sich darauf versteht, mit einem Luftballong zu fahren, denn so möchte ich wohl wissen, wie er nach der Mühle hinkommen will?" Der Brron zog die Augenbrauen hoch: „Kassen, was reden Sie da? Wie soll ich das verstehen?" Der Müller machte sein dümmstes Gesicht: „Tja, Herr Brron, das ist doch ganz einfach, wo Sie meinem Vater selig den Weg verkauft haben, der uns so unbequem war, und wir uns den Zuweg durch unsre Wiesen gemacht haben, indem daß nun alles Land rund um die Mühle unser ist und kein einer Mensch ohne unsere Erlaubnis nach der Mühle hinkommen kann anders als durch Zaubereigeschichten oder mit einem Luftballong, was doch zu umständlich ist und zu kostspielig."

„Einen Augenblick", sagte der Baron, „ich habe etwas vergessen." Er ging zu dem Inspektor und lümmelte den ganz furchtbar herunter wegen des Verkaufes des Weges, und nachher mußte der Kutscher anspannen und den großen Spiegel nach der Stadt fahren, weil mitten darin ein mächtiges Loch war, und eine Kristallschale lag in tausend Scherben auf der Erde, und als Kassen fort war, dröhnte das ganze Schloß, so fluchte der Freiherr, und der Inspektor ging herum wie ein Hund, der die Staupe im Leibe hat.

Als das Jahr sich wandte, kam Kassen nicht wieder an und brachte die Pacht; er hatte die Mühle von dem Baron gekauft, und er hatte sie preiswert gekauft.

JUST RUST

Links von der Straße nach Lohorst liegt hinter dem Forsthause auf dem Lahberge der Hof des Anbauers Just Rust.

Die hohen Fuhren, die ihre breiten Kronen über das ganz mit Moos bedeckte Strohdach breiten, der vor Alter grüne Brakenzaun, die Machandelbüsche, die rechts und links vor dem Eingang Wache halten, und der Efeu, der das Backhaus von oben bis unten bezieht, geben dem Hofe ein malerisches Aussehen.

Geht man aber näher heran, so wird man gewahr, daß hier etwas nicht in Ordnung ist; denn überall stößt man auf Verfall und Nachlässigkeit. Der Zaun weist ein Loch neben dem anderen auf, der Verputz ist an vielen Stellen abgefallen, mehr als ein Fenster ist mit Papier verklebt oder mit Stroh und Lumpen zugestopft, die Obstbäume sind voller Krebswuchs und Wasserreiser, im Garten wächst das Unkraut wie es will, im Herbst verfault das Obst an den Bäumen und ein Teil der Kartoffeln in der Erde, und das Land, das zu dem Hofe gehört, ist nur halb bestellt und das bestellte längst nicht so, wie sich das gehört.

Wer hinter den Büschen stehen bleibt und lauert, um hinter das Geheimnis des verwahrlosten Hofes zu kommen, der sieht dann wohl ein schlampiges Frauenzimmer mit wirrem Haare und ungewaschenem Gesicht aus dem Hause kommen und die Hühner füttern, oder den Bauern selber, einen langen Mann mit krummem Rücken, der einen Stoppelbart im Gesichte hat, und dessen Zeug mehr Löcher als Flicken vorweist, und der so faul und müde dahin geht, als wäre ihm das Atemholen eine schwere Last.

Es gab einmal eine Zeit, da es auf dem Lahberge anders aussah. Damals war keine Lücke im Zaun, da fiel nirgendswo der Kalk von der Wand; die Fenster blitzten nur so, und der Garten war bunt von allerlei Blumen. Das ist schon lange her, so daß sich nur die alten

Leute in Ohlenhof daran erinnern können, wie das allmählich anders kam und aus welchem Grunde. Das junge Volk weiß das nicht und fragt auch nicht danach. Es hat Just Rust nicht anders gekannt und nimmt ihn so, wie er ist. Es weiß nur, daß Just Rust einen kleinen Sparren hat; denn er hat Geld genug, läßt sich aber dennoch wegen der Steuern und Gemeindelasten ein wie das andere Mal auspfänden.

Jeder Rust hat, soviel man sich erinnern kann, seine Eigenheit gehabt. Der Großvater des Bauern hielt es für hoffärtig, Knöpfe und Taschen zu tragen; er machte sein Zeug mit Haken und Ösen zu und trug Messer, Stahl und Stein in einem ledernen Beutel am Hosenqueder. Sein Sohn war vom Geizteufel besessen; er konnte sich nicht von einem roten Pfennig trennen, und es gab jedesmal Zank und Streit, wenn seine Frau bares Geld nötig hatte. Als er einmal drei Taler aus der Tasche verlor, hängte er sich auf, obgleich die paar Taler nichts für ihn bedeuteten, denn er besaß Geld genug.

Der jetzige Bauer hat den Prozeßrappel. Er hatte kaum den Hof angetreten, da bekam er mit dem Diesbauern Streit wegen einer ganz geringfügigen Grenzangelegenheit. Da Dies einen ebenso dicken Kopf hatte, wie Rust, und zudem im Rechte war, so zog sich der Prozeß einige Jahre hin, bis Rust ihn schließlich verlor, was ihn eine Menge Geld kostete. Er schickte deshalb an den Landrat, an den Regierungspräsidenten, an den Kaiser die unsinnigsten Eingaben, und als er überall abschlägig beschieden wurde, schrieb er an das Oberlandesgericht in Celle, daß es aus lauter Spitzbuben und Betrügern bestände, was ihn einige Zeit hinter Schloß und Riegel brachte. Da er sich in den Wirtschaften und auch anderswo ähnlich über den Diesbauern und die Bauern, die ihm als Zeugen zur Seite gestanden hatten, ausgelassen hatte, so brach das halbe Dorf schließlich mit ihm den Verkehr ab.

Bald darauf überwarf er sich mit seinem jüngeren Bruder. Christian war insoweit ein ganz vernünftiger und fleißiger Mann, nur war er überfromm, sang hinter dem Pfluge und bei anderer Arbeit Kirchenlieder, tat Sonntags, auch wenn es noch so nötig war, keinen Handschlag und bekam ab und zu Anfälle von Zerknirschung.

Dann schloß er sich, selbst in der hillsten Zeit, in seiner Dönze ein, fastete und sang und bat Gott um Vergebung seiner Untaten, deren er gewißlich keine einzige aufzuweisen hatte; denn er war, außer in der Arbeit, das reine Lamm.

Was zwischen den beiden Brüdern vorgefallen ist, das weiß man nicht. Christian verließ eines Tages mit seinen Sachen den Hof, nahm in Krusenhagen Stellung als Großknecht, hatte einen Prozeß mit Just wegen der Abfindung, den er glatt gewann, und freite später in die Eggersche Anbauernstelle hinein, die er sehr emporbrachte.

Es geht ihm recht gut, und wenn er seinen Rappel bekommt, so läßt ihn seine Frau gewähren und sagt bloß: „Er hat's mal wieder mit dem Singen. Immer noch besser, als wenn er es mit dem Trinken kriegte!“

Von der Zeit an, daß Christian von dem Lahberge fortging, ging es mit dem Hofe zurück; denn Rust konnte keinen Knecht halten, weil er mit der Zeit ebenso geizig wurde, wie sein Vater. Zudem verlor er viel Zeit vor Gericht; denn fast immer hatte er dort eine Rechtssache hängen. Bald klagte er mit dem Müller wegen eines Huhnes, das der Hund Kassens totgebissen haben sollte, bald mit der Forstverwaltung wegen einer Zufahrtsangelegenheit, dann wieder mit dem Lohörster Baron wegen einer Jagdsache und ein anderes Mal mit der Gemeinde wegen der Waldnutzung in der Gemeinheitsforst; denn er behauptete, er gehöre ebenso zu der Interessengenossenschaft wie die altsässigen Bauern. Schließlich ging ihm jeder Mensch aus dem Wege aus Besorgnis, einen Prozeß an den Hals zu bekommen.

Da er seine Prozesse einen nach dem anderen verlor, bildete er sich schließlich ein, alle Menschen in Ohlenhof seien seine Feinde und hätten sich verschworen, ihn um Hab und Gut zu bringen. Deshalb verkehrte er nicht in Ohlenhof im Kruge, kaufte nur in Krusenhagen oder in den anderen Dörfern, was er nötig hatte, bot keinem Menschen im Dorfe mehr die Tageszeit und trieb seine Unvernunft so weit, daß er zweimal zu Hause blieb, als Feuer geblasen wurde, wofür ihn das Bauernmal je mit einem Taler büßte. Er bezahlte die Strafe aber ebensowenig wie die Kosten aus seinen Prozessen, und wenn er dafür auch nicht gepfändet werden konnte, so wurde er doch dadurch gestraft, daß er für einen Mann ohne Recht und Stimme erklärt wurde.

Sofort kündigte ihm der Knecht, ein fleißiger und gutmütiger junger Mann aus Fladder, auf, desgleichen die Magd, ein Mädchen aus Horst, und der Hütejunge, ein Bruder von ihr, und er stand eine Weile ganz allein auf seinem Hofe, bis er schließlich einen polnischen Knecht und eine Magd aus Westpreußen bekam, die aber auch nicht lange blieben. Zuletzt blieb eine ältliche Magd, Dina Türs, die aus der Gegend von Celle gebürtig war und wegen ihrer Schmutzigkeit sich nirgendswo halten wollte, bei ihm hängen, und in der Erntezeit beschaffte er sich einen oder zwei fremde Arbeiter, mit denen er aber meist in Unfrieden auseinander kam.

Bis dahin war er noch halbwegs vernünftig gewesen. Seine Verbohrtheit wurde aber vollkommen, als die neue Landstraße gebaut wurde. Es ging wegen des Flusses auf der einen und der Sandberge auf der anderen Seite kaum anders, als daß sie über sein Land geführt wurde, und obgleich er die gebührende Entschädigung bekam und sehr großen Nutzen von der Straße hatte, so bildete er sich in seiner Verdrehtheit ein, die Straße sei ihm zum Ärger und Possen durch sein Eigentum gelegt. Er verweigerte die Annahme der Entschädigung, strengte einen Prozeß gegen die Verwaltung an, verlor ihn, wies die Bezahlung der Kosten von sich, ließ sich ein über das andere Mal pfänden und erklärte schließlich dem Staate und der

Gemeinde den Krieg, indem er von da ab grundsätzlich keine Steuern bezahlte.

Damit ihm nun nicht Getreide und Vieh abgepfändet werden kann, baut er nur soviel Frucht, wie er für sich selbst braucht, und hält auch nicht mehr Vieh, als unbedingt nötig ist, läßt Haus und Hof verfallen und trägt sich, auch Sonntags, und wenn er vor Gericht muß, so schlecht wie ein Bettelmann, um aller Welt zu zeigen, wie ungerecht mit ihm verfahren werde. Vor einigen Jahren erbte er von einem Oheim, der in Hannover Kaufmann war und kinderlos starb, allerlei Geld, das er sofort auf den Namen von Dina Türs eintragen ließ, wie er es schon mit seinem übrigen Barvermögen gemacht hatte.

Seinem Bruder Christian ist geraten worden, ihn zu entmündigen. Er sagt aber: „Ich habe meine Abfindung bekommen, und im übrigen ist Just sein eigener Herr. Ich werde meine Hand nicht gegen ihn erheben, wie Kain gegen Abel."

So lebt Just Rust zwischen Mulm und Moder wie ein Bettler dahin, stolz auf all das Unrecht, das er seiner Meinung nach leiden muß, und auf seine Hartnäckigkeit, und wartet auf den Tag, daß der Kaiser, an den er alle paar Monate eine lange Eingabe schickt, die Gerichtsurteile umstößt und ihm schreiben läßt: „Denn Recht muß Recht bleiben!"

DORIS

Der schönste Grasgarten im ganzen Dorfe ist der von Doris Amhorst. Er ist lange nicht der größte, aber der schönste ist er doch. Das kommt daher, weil er vor dem Berge liegt, so daß man von der Straße ganz in ihm entlangsehen kann, und weil er noch so in der alten Art gehalten ist.

Doris ist eine hübsche Frau gewesen und sieht trotz ihrer weißen Haare noch stattlich genug aus, wenn auch ihre Augen kalt und ihre Lippen eng sind.

Die großen Leute, die an dem Garten vorbeigehen, nicken der Frau stumm zu, und sie nickt stumm wieder. Jeder weiß, daß Doris nur spricht, wenn sie muß. Den alten gichtischen Knecht, der seit fünfzehn Jahren auf dem Hofe ist, hat sie behalten, weil er stumm ist; denn in der Arbeit ist er nur langsam. Vielleicht behielt sie ihn auch, weil er so lebensunklug und so hilflos ist, wie ein Kind. Gegen Kinder ist sie anders als gegen die großen Leute. Denen steht sie auch Rede und Antwort. Immer sind Kinder bei ihr, immer hat sie etwas für sie; eine Handvoll Kirschen, einen schönen Apfel, ein paar Wallnüsse. Sie erzählt ihnen Geschichten, sie bringt den Mädchen das Stricken und Spinnen bei. Ohne ein paar Kinder um den Rock kann man sich Doris nicht denken. Sie selbst hat keine Kinder.

Sie hat ein Kind und hat doch keins. Sie ist Frau und hat keinen Mann. Sie ist Witwe, aber bei der Kirche ist kein Grab, auf dem ihr Familienname steht. Doris Amhorst hat eine Geschichte, eine traurige Geschichte, die keinen Schluß hat und nie zu Ende geht. Alle Leute im Dorfe haben eine Geschichte. Die der meisten ist langweilig und alltäglich. Andere haben etwas erlebt, das außergewöhnlich ist; an Doris Amhorsts Geschichte reicht aber keine davon heran.

Fieken Rischmöller hat einen Hof und einen Jungen, aber keinen Mann. Den Jungen hätte ihr das Dorf schon verziehen, aber nicht den Vater. Das war ein

Leutnant, der hier im Quartier lag. Wenn es der ärmste Knecht gewesen wäre, dann hätte man es ihr nicht nachgetragen; denn es wäre doch einer aus dem Dorfe gewesen. Aber Fieken ist nicht unglücklich; sie hat ihren Jungen und die Rumflasche.

Grete Bantelmann hat in einer Woche ihren Mann und ihre vier Kinder am Typhus verloren. Aber sie hat wenigstens die fünf Gräber bei der Kirche und die Bibel.

Doris Amhorst hat gar nichts auf der Welt, nicht einmal ein Grab, an dem sie weinen kann. Wenn sie trinken oder beten könnte, trüge sie ihr Leben leichter, aber für das eine ist sie zu stolz und für das andere zu hart. So hat sie nichts.

Vor zehn Jahren trug sie außer für sich und den Knecht immer noch zwei Gedecke mehr auf. Da nahm sie jede Woche einmal auch noch das schwarze Manneszeug aus dem Schrank und klopfte es, da sah sie immer noch die Strümpfe und Hemden in der einen Truhe nach, die jetzt auf dem Boden steht. Das tut sie nicht mehr, seitdem der Brief über Hamburg kam, der zu oberst in der Truhe bei der kleinen Schiefertafel liegt. Früher hat sie die Tafel jeden Abend herausgeholt und über den steifen Buchstaben geweint, die darauf stehen. Das tut sie schon lange nicht mehr. Sie weint nicht mehr und sie lacht nicht mehr.

Den Tag über kann sie das Leben noch tragen; dann hilft ihr die Arbeit über die Gedanken fort. Aber abends kommt ihre böse Stunde. Wenn im Kirchturme die Schleiereule kreischt, wenn die Fledermäuse um den Birnbaum huschen, dann wird alles wieder lebendig, was tot und doch nicht tot ist.

Um den Grasgarten ist es gekommen. Den wollte der Nachbar gern haben, weil seine Scheunen nicht langten. Doris wollte wohl, denn der Nachbar bot einen guten Preis, aber ihr Mann wollte nicht. Und im Ärger darüber hatte sie geschrien: „Wem gehört denn der Garten? Hast du Land gehabt? Die paar Taler, das war alles, was du hattest!“ Sie rechnete nicht, daß er in den sechs Jahren das kleine Anwesen durch Fleiß und Sparsamkeit hochgebracht hatte. Sie war schnell mit dem Wort und scharf mit der Zunge und warf ihm das Schlimmste in das Gesicht, was man einem Bauern sagen kann. Heinrich, ein stiller Mann von wenig Worten und langsamer Zunge, hatte die Faust auf den Tisch gestemmt und gesagt: „Ich verkaufe nicht!"

Hätte er geschimpft, hätte er auf den Tisch gehauen, wäre er in den Krug gegangen und voll wiedergekommen, und hätte er dann Teller und Tassen zerschlagen, dann wäre das nicht so gekommen. Aber seine kalte Ruhe machte sie verrückt. Sie hätte andere bekommen können, schrie sie, ganz andere. Die eigenes Land hätten. Ihn hätte sie nur genommen, weil er nicht getrunken und gekartjet hätte. Sie hätte sich aus ihm nie viel gemacht, und er sollte nur nicht denken, daß der Junge . . . .

Weiter war sie nicht gekommen. Ihr Mann war so weiß wie die Wand geworden; bis in die Lippen war er weiß geworden, und seine Hände hatten gezittert. Aber er hatte ganz ruhig gefragt: „Was ist mit dem Jungen?" Hätte er sie damals geschlagen, wäre es besser gewesen. Aber seine Ruhe reizte sie zu sehr. Sie hatte vielsagend gelacht und war in den Garten gegangen, kochend vor Wut. Das war im Mai. Alle Bäume blühten und im Rasen leuchteten die gelben Butterblumen. Die Stare lärmten, die Schwalben zwitscherten, der Wendehals saß vor seinem Loch im Birnbaum und lachte. Sie sah sich im Garten um. Wie ordentlich und sauber der war. Das war Heinrichs Werk. Früher hatte es da häßlich ausgesehen.

Sie sah ein, daß er recht hatte. Sie nahm sich vor, ihm zu sagen, daß sie im Ärger gesprochen habe. Daß das alles nicht wahr sei, daß sie ihn lieber hätte als alle anderen, daß sie schon als Schulmädchen nach ihm gesehen hätte. Aber vor seinem gelassenen Gesicht, das wie eine steinerne Wand war, prallten ihre guten Vorsätze ab.

Das war Sonnabend; Sonntag ging sie allein zur Kirche; er sagte, er ginge nicht. Als sie zurückkam, lag auf seinem Platz am Tische die Schiefertafel des Jungen, und darauf stand: „Ich gehe mit dem Jungen in die Fremde. Ich komme nicht wieder. Ich habe von meinem Geld hundert Taler genommen.“

Sie hatte erst gelacht. In der Nacht weinte sie. Dann wurde sie krank und lag drei Wochen im Fieber. Hinterher hatte sie einen Monat nichts getan, nur immer geweint. Schließlich war sie auf Zureden des Pfarrers an die Arbeit gegangen und war dabei wieder zu Kräften gekommen. Die Jahre darauf hatte sie immer noch Hoffnung gehabt. Nach zwölf Jahren kam ein Brief aus Hamburg; darin stand: „Uns beiden geht es gut. Ich heiße jetzt anders. Du kannst mich tot sagen lassen. Du wirst niemals wissen, wo ich bin.“

Es war ein dünnes Papier, auf dem das stand, so fein wie Seidenpapier, aber fester. Der Pastor sagte, Australien. Amhorst müsse den Brief einem anderen gegeben haben, der ihn über das Wasser gebracht habe; denn er sähe aus, als wäre er lange in der Tasche getragen.

Seitdem sind zwölf Jahre in das Land gegangen. Doris ist jetzt fünfzig Jahre alt. Sie hätte zweimal wieder heiraten können. Sie wollte nicht. Sie wußte, ihr Mann käme nicht wieder; sie wußte, sie sähe ihren Jungen nicht mehr. Sie waren tot für sie. Und sie war auch tot; ihr Herz wenigstens. Ihr Herz war gestorben, als der Brief kam. Ein ganz kleines Stück davon lebte noch. Das kommt anderer Leute Kinder zugute. Alles, was im Grasgarten an süßen Dingen wächst, gibt sie ihnen. Sie selbst braucht davon nichts.

So ist Doris Amhorst tot und doch noch am Leben. Mutter, aber kinderlos, Frau, aber ohne Mann, Witwe, aber ohne ein Grab.

Ihre Geschichte ist furchtbar, denn sie hat keinen Schluß; nicht einmal der Tod kann sie beenden. Die Hoffnung bleibt beim Menschen, solange er lebt. Die Hoffnungslosigkeit aber verläßt ihn nie.

DAS FORSTHAUS

Dem großen Fachwerkhause mit den grünen Läden, das der Mühle gegenüber an der Straße nach Lohorst zwischen knorrigen Eichen und schlanken Fichten und Birken liegt, merkt man es bald an, daß es das Forsthaus vorstellt; denn es hat am Giebel ein vor Alter grün angelaufenes Hirschgeweih, auch hält bald ein Schweißhund, ein Brauntiger oder ein Teckel vor der Pforte Wache.

Sehr oft sieht man in dem sauber gehaltenen Blumengarten vor dem Hause einen hochgewachsenen Mann in grüner Försterjoppe mit der Rasenschere oder der Baumsäge herumarbeiten, der trotz seines silbernen Bartes ein rosiges Gesicht hat, aus dem die blauen Augen gütig, aber doch ein wenig traurig blicken.

Das ist der Hegemeister Oberheide, der Schwiegervater des Revierförsters Reichart, bei dem er seine Tage beschließt, und der ein Menschenalter als Förster in diesem Hause gelebt hat. Der jetzige Förster ist ein tüchtiger Beamter, der seine Pflicht in vollem Maße tut, zu seinem Dienstacker noch Land hinzugepachtet hat, und durch die Schweine- und Geflügelzucht, die seine fleißige Frau betreibt, und die jungen Mädchen, die bei ihr den Haushalt lernen, so viel Geld verdient, daß er sich doppelt und dreifach so gut steht, wie die meisten seinesgleichen. An seinen Schwiegervater aber kann er nicht heranreichen.

Reichart hat die Achtung aller Leute im Dorfe, sowohl die der großen Bauern, weil er so gut zu wirtschaften versteht, als auch die der Forstarbeiter, denen er ein gerechter Vorgesetzter ist; der alte Oberheide aber hat nicht nur die Achtung bei groß und gering; er ist allerseits beliebt. Das merkt man an der Art und Weise, wie die Leute den einen und den anderen grüßen, und wie sie von beiden sprechen. Der eine heißt der Förster und der andere schlichtweg

Oberheide; der eine ist Beamter und wird es sein, und wenn er noch so lange auf seinem Posten bleibt; der andere gehört zum Dorfe, als wäre er ortsgebürtig.

Er hatte es nicht leicht gehabt, sich seine Stellung in Ohlenhof zu machen; denn die Ohlenhöfer waren damals ausnahmslos welfisch gesinnt und der neue Förster war ihnen von vornherein als preußischer Beamter um so verhaßter, da sein Vorgänger, der aus dem Osten stammte, es durchaus nicht verstanden hatte, sich nur ein wenig beliebt zu machen. Als Oberheide seinen Dienst antrat, stieß er allgemein auf kalte Mienen und mürrische Gesichter. Er tat so, als bemerke er das nicht, und ging seinen Weg, ohne nach rechts und links zu sehen. Über winzige Verstöße gegen die Forstpolizeiordnung beim Holz- und Beerensammeln sah er hinweg, schlug im Verkehr mit den Forstarbeitern einen freundlichen Ton an, nahm an den Gemeindeangelegenheiten gebührend Teil, ohne sich hervorzudrängen, und brachte es in einigen Jahren so weit, daß ihm von keiner Seite mehr etwas in den Weg gelegt wurde. Als er sich dann eine hübsche Frau aus Krusenhagen nahm, die Tochter des dortigen Revierförsters Bielmann, kam er noch mehr an die Leute von Ohlenhof heran, ganz besonders dadurch, daß seine Frau, als die Diphtheritis das Dorf heimsuchte, freiwillig überall Krankenpflege tat, wo es nötig war. Am meisten aber half es ihm in seiner Stellung, daß er bei dem Brande des Häuslingshauses auf dem Lütkensweershofe den Altvater mit Lebensgefahr aus dem brennenden Hause geholt hatte, wobei er sich beide Hände verbrannte und zeitlebens das feuerrote Mal über dem linken Auge behielt, das ihn in den Augen der Bauern mindestens ebenso gut kleidete, wie die Rettungsmedaille, die er neben dem eisernen Kreuz und den übrigen Kriegsauszeichnungen tragen darf.

Schließlich brachte er etwas fertig, wodurch Ohlenhof mächtig voran kam. Denn als an die Stelle des alten und müden Titularforstmeisters ein neuer und forscher Oberförster trat, wußte Förster Oberheide ihm es klar zu machen, daß eine Menge Ödland in der Heide und im Bruche, das dem Staate gehörte, sich leicht aufforsten ließe, wenn genügend Arbeitskräfte, an denen es fehlte, da wären; denn er hatte hier und da auf den verschiedenen Böden kleine Aufforstungsversuche auf eigene Kosten gemacht. Dem Oberförster leuchtete das ein; eine Kommission kam, es wurden erst zwei, dann fünf und schließlich zwölf Arbeiterfamilien auf Regierungsland hinter dem Dorfe angesiedelt, und so entstand die Waldarbeiterkolonie Neu-Ohlenhof, die jetzt über zwanzig Familien zählt. Diese Neusiedlung brachte auch dem alten Dorfe allerlei Vorteile; denn gerade in der Zeit, wenn die Bauern am meisten Hilfe brauchen, ist im Forste am wenigsten zu tun, und dann helfen die Neusiedler aus, so daß in Ohlenhof nie Mangel an Arbeitskräften ist, wie anderswo so oft. Nicht zum wenigsten aus diesem Grunde ist das Dorf darum so sehr in die Höhe gekommen.

Als Oberheide früher als die meisten seiner gleichaltrigen Kameraden Hegemeister wurde, hätte er sehr zufrieden mit dem Leben sein können; er hatte es schnell vorwärts in seiner Laufbahn gebracht, hatte dem Staate und dem Dorfe erhebliche Vorteile gebracht, besaß eine gute Frau und wohlgeratene Kinder, genoß das Wohlwollen seiner Vorgesetzten und die Achtung und Zuneigung der Ortseinwohner und aller Menschen, die ihn kannten, erfreute sich der besten Gesundheit, und hatte es bei seinem guten Einkommen, den Nebenverdiensten aus Geflügel- und Schweinezucht, Hundeabführung und Jagd- und Forstschriftstellerei zu einem nicht unbeträchtlichen Vermögen gebracht. Dennoch lag oft auf seiner Stirn eine Wolke und über seine meist freundlich blickenden Augen zog manchmal ein Schatten, der oft tagelang nicht weichen wollte. Am meisten war das gegen Ende des Brachmondes der Fall, wenn Wald und Feld im schönsten Grün prangten, die Wiesen und Raine blühten und die Vögel sangen. Dann ging er mit gefurchter Stirn hinten zum Forsthause hinaus, vermied die Menschen und nickte knapp und kurz, wenn ihm in seinem Belaufe jemand in den Weg kam. Denn im Juni hatte es sich begeben, am neunundzwanzigsten Juni achtzehnhundertvierundsechzig, was ihm zeitlebens die Seele bedrückte. Drei Feldzüge hatte er mitgemacht, hatte ein Dutzend Mal im Feuer gestanden, mehr als einen Feind auf den Rasen gelegt; aber den dänischen Hauptmann, dem er bei Alsen durch die Brust schoß, den konnte er nicht vergessen, und immer sah er den schönen blonden Mann vor sich, den seine Kugel auf die Schanze warf.

Ein über das andere Mal waren die Preußen zurückgeworfen, weil der lange dänische Hauptmann es verstand, seine Leute mit höchstem Mute zu erfüllen. Schließlich wurde Oberheide von seinem Major herangewinkt: „Oberjäger Oberheide, Sie schießen den Mann ab!“, sagte der ihm. Oberheide lief es kalt über den Rücken; er war der sicherste Schütze im Bataillon und wußte, der Däne drüben, der lange tapfere Mann, war so gut wie tot. Während die anderen stürmten, sprang er in Deckung vor, und sobald der feindliche Hauptmann über dem Walle in Sicht kam, schoß er ihm durch das Herz. Sofort nahmen die Preußen die Schanze. Dem Oberjäger Oberheide aber liefen die Tränen über die Backen, als er hinterher bei dem Toten niederkniete, ihm Uhr, Taschentuch, Brieftasche und Börse aus den Taschen nahm, die Ringe abzog, die Knöpfe und Achselstücke abschnitt, auch einige Strähnen von dem blonden Haar, das er dann alles zusammenpackte und durch sein Bataillon an die Witwe des Toten senden ließ.

Darum ist Oberheide zeitlebens ein stiller Mann geblieben, auf dessen Stirn fast stets eine Wolke liegt und über dessen Augen immer ein Schatten steht.

Und das wird wohl so bleiben, bis er seinen letzten Atemzug getan hat.

DER ROTE HINNERK

Im letzten Hause des neuen Dorfes, noch hinter den Brinksitzern am Wittenberg, wohnen der Schuhmacher Erwin Matthies und der Arbeiter Heinrich Rothe. Beide sind Witwer, denen die Witwe Goos, der das Haus zu eigen ist, die Wirtschaft führt. Matthies hat seine Frau auf gewöhnliche Weise verloren; sie stand nach der ersten Niederkunft zu früh auf, erkältete sich und starb. Mit Rothes Frau war es anders.

Er hatte eine harte Jugend gehabt, der jüngste Sohn des Arbeiters Rothe. Der Vater vertrank fast jede Woche seinen ganzen Lohn, so daß seine Frau nicht ein und nicht aus wußte. Als sie freite, war sie ein hübsches Mädchen; nach fünf Jahren sah sie wie eine Vogelscheuche aus, und die Kinder hatten nichts auf den Leib zu ziehen.

Schließlich, als der Mann sie Sonnabend für Sonnabend schlug, lief sie ihm fort, ging nach Celle in Dienst, klagte auf Scheidung und heiratete bald wieder. Die Kinder, die Rothe erhalten mußte, wurden bei kleinen Leuten in Krusenhagen ausgetan, wo sie es nicht gut hatten, zumal als ihr Vater eines Wintertags totgefroren neben der Straße aufgefunden wurde.

Minna Rothe, die ein sehr hübsches Mädchen war, wurde es schließlich zu dumm. Sie lief aus dem Dienst, war erst in Hannover, dann in Hamburg auf der Straße und verscholl darauf ganz. Ihrem Bruder wäre es wohl ähnlich ergangen, wenn der Diesbur sich nicht um ihn gekümmert hätte. Er nahm ihn als Kleinknecht an, hielt ihn gut und konnte wohl mit ihm zufrieden sein; denn Heinrich war fleißig und ging jeder Wirtschaft aus dem Wege. Um seine Mutter kümmerte er sich nicht; denn er vergab es ihr nicht, daß sie wieder gefreit und lange Jahre nicht nach ihm und seiner Schwester gefragt hatte, so daß diese auf die Rutschbahn gekommen war.

Er diente mit Auszeichnung bei den Dragonern in

Lüneburg und sollte kapitulieren, wollte aber nicht; denn er war mit Leib und Seele Wiesenarbeiter und Imker. Als ihm von einem Halbbruder seines Vaters, der nach Amerika ausgewandert war, eine kleine Erbschaft zufiel, baute er sich das kleine Haus, das nun der Witwe Goos zugehört, und nahm sich Anna Voges aus Krusenhagen, ein ansehnliches Mädchen, zur Frau. Als der Diesbur die Braut zum ersten Male sah, blickte er sie mit kalten Augen an und sagte nachher zu seiner Frau: „Hinnerk hat sich vergriffen; wenn das man gut geht. Das Mädchen hat unbeständige Augen."

Es schien aber, als sollte er nicht recht behalten. Zwar stand die junge Frau zu viel auf der Straße und klatschte, und wo es Tanz gab, mußte ihr Mann mit ihr hin. Als dann aber ein kleiner Junge ankam, hielt sie sich mehr im Hause, wenn sie auch jedesmal, mußte sie zum Kaufmann, mehr Zeit dazu brauchte, als just nötig war. Ihr Mann kannte aber weiter nichts, als die Arbeit und den Jungen. Er verdiente gut, zumal er neben seiner Arbeit noch für den Jagdpächter Aufseherdienste verrichtete; denn da er den ganzen Tag draußen war, war es ihm ein leichtes, den Stand der Rehböcke und die Hirschwechsel auszumachen und die Schirme für die Balz zu bauen, auch dafür zu sorgen, daß die Celler Mascher aus der Ohlenhofer Jagd wegblieben.

Als der Jagdpächter, ein Hauptmann aus Celle, versetzt wurde, übernahmen mehrere Herren aus Hannover die Jagd und pachteten noch Krusenhagen und Moorhop dazu, sagten Rothe auf und stellten einen bebroteten Jagdhüter an. Er hieß Rudow, hatte bei den Ratzeburger Jägern gedient, war ein bildhübscher Mann, konnte reden wie ein Buch, trug sich wie ein Graf und machte alle Mädchen weit und breit verrückt. Rothe mißte die dreißig Taler, die er für die Jagdaufsicht bekommen hatte und die Schußgelder sehr ungern, und wenn er auch nur Raubzeug hatte schießen dürfen, so kam er sich ein bißchen minne vor, daß er nun nicht mehr mit dem Gewehr gehen durfte. Zudem hatte Rudow, der Angst um seine Stellung hatte, weil er über den Mädchen mehr als einmal seinen Dienst verbummelte, sich bald nicht gut zu ihm gestellt und hie und da Witze über ihn gemacht, ihm auch den Ekelnamen Roter Hinnerk angehängt, und als er beim Erntebier einen Kleinen sitzen hatte und gegen Rothes Frau etwas zu freundlich war, gab es Krach, wobei Rothe, der nicht so behende wie er war, das meiste abkriegte. Vier Wochen später wurde Rudow im Högenbusche totgeschossen aufgefunden. „Das hat kein anderer als Rothe getan", hieß es allgemein, zumal dieser an dem Tage, wo der Mord geschehen war, vor dem Högenbusche gearbeitet hatte, auch gemunkelt wurde, der Jagdaufseher und Frau Rothe hätten miteinander etwas vorgehabt. Rothe wurde eingezogen, kam vor die Geschworenen, und da niemand anders in Frage kam, auch alles gegen ihn sprach, so wurde er trotz seines Ableugnens zu lebenslänglichem Zuchthause verurteilt; denn Rudow war von hinten erschossen worden. Der einzige, der entschieden für ihn auftrat, war der Diesbur; denn der sagte aus: „Ich habe Rothe zwar um die Zeit, als der Schuß gefallen ist, von dem Högenbusche herkommen sehen, will aber meine Hand dafür ins Feuer legen, daß er die Untat nicht begangen hat; denn dafür kenne ich ihn zu gut." Und als Rothe abgeführt wurde, rief er ihm zu: „Kopf hoch, Heinrich; deine Unschuld wird sich schon bald ausweisen."

Rothe hatte nichts gesagt, als das „Schuldig!" gesprochen wurde, und als er nach Verkündigung des Urteils gefragt wurde, ob er noch etwas zu bemerken habe, hatte er dem Vorsitzenden mitten in die Augen gesehen und mit fester Stimme gesprochen: „Ich habe es nicht getan." Im Zuchthause hielt er sich so, daß er sowohl bei dem Direktor wie bei den Aufsehern auf das beste angeschrieben war. An dem Tage aber, als ihm mitgeteilt wurde, seine Frau habe Scheidung beantragt, bildete sich eine böse Falte auf seiner Stirn, und sein Gesicht wurde von da ab wie Stein. Als er drei Jahre gesessen hatte, bekam er die Nachricht, seine Frau habe von neuem gefreit. Er erwiderte darauf nichts. Ein Jahr später kam die Meldung, der Junge sei gestorben. In seinem Gesicht verzog sich keine Miene. Am anderen Tage aber hatte er schwarze Ringe um die Augen.

Als er fünf Jahre hinter sich hatte, kam er frei. In Wöbbesse lebte ein Arbeiter Kiel, der als Freischütz bekannt war. Der hatte sich den Fuß durchgelaufen, den kalten Brand bekommen und vor seinem Tode mit der Hand auf der Bibel ausgesagt, daß er und kein anderer damals den Jagdhüter totgeschossen habe. Rothe sagte kein Wort, als ihm das mitgeteilt wurde, und der Diesbur, der ihn abholte, und der doch selbst ein Mann aus Eisen und Stein war, sagte nachher zu seiner Frau: „Heute würde ich für den Mann nicht mehr die Hand in das Feuer legen, wenn einer, mit dem er was vor hatte, tot im Busche gefunden würde."

Sobald Rothe verurteilt war, hatte er sein Anwesen seiner Frau verschreiben lassen. Deren zweiter Mann, ein Lüderjahn, hatte es bald durch die Gurgel gejagt, und Goos hatte es erstanden, als es zum freihändigen Verkaufe kam. So besaß Rothe weiter nichts mehr, als das bißchen Geld, daß er sich im Zuchthause gespart hatte. Seine ehemalige Frau, die in Moorhop auf Arbeit ging, suchte ihn auf und bat ihn flehentlich um Verzeihung. Er sprach kein Wort, drehte ihr den Rücken, und ließ sie stehen. Er tat seine Arbeit, paßte scharf auf die Wilddiebe auf, kümmerte sich aber sonst um keinen Menschen, als um die Leute auf dem Dieshofe, die Witwe Goos, die sich seines Jungen immer angenommen hatte, und verkehrte eigentlich im Dorfe nur mit Matthias, der mit ihm in einem Hause wohnte. Als er entlassen wurde, waren ihm alle Leute freundlich entgegengekommen. Von keinem hatte er die Hand angenommen. Mit der Zeit hat er seinen Groll gegen das Dorf etwas fahren lassen, hält sich aber immer abseits.

So steht Heinrich Rothe allein da, wie im Herbst auf der Wiese der rote Hinnerk.

SCHNEIDERSJOHANN

Das malerischste Haus im ganzen Dorfe ist das des Schneiders Johann Timmann, das in dem Winkel liegt, den der Mühlbach mit dem Flusse bildet.

Die Bauern finden nichts absonderlich Schönes an ihm und wundern sich, was die Stadtleute, vorzüglich die Maler und Photographen, daran zu sehen haben.

Denn es ist nur ein kleines Fachwerkhaus nach alter Art, mit schwarzem Balkenwerk und rot gestrichenen Füllungen; sein Strohdach ist mit dicken, grünen Moospolstern bedeckt und zur Hälfte von dichtem, dunklem Efeu umflochten. Rechts und links von der Gartenpforte halten zwei hohe, spitze Wacholder Wacht, eine Kletterrose schlingt sich über die grüne Haustür hin, mehrere Obstbäume stehen in dem kleinen Garten, und über den Schweinestall krümmt sich ein krauser Holderbusch hin. An allen Fenstern stehen Blumen, so daß man, obgleich die Straße höher ist als das Haus, nicht hineinsehen kann.

Wenn die Sonne auf dem kleinen Anwesen liegt, wenn die Tauben gurren und die Stare pfeifen, die Schwalben aus- und einfliegen, die roten und gelben Blumen hinter den altmodischen, kleinen, in Blei gefaßten Scheiben leuchten und der Efeu auf dem Dache wie lauteres Silber blitzt, dann bleiben die Städter, die hier vorbeikommen, stehen und freuen sich und denken, daß hier ganz besonders glückliche und zufriedene Menschen wohnen müssen, und sehen sie gar Schneidersjohann seine Tauben füttern oder an seinen Rosenstöcken herumputzen, dann sind sie überzeugt davon, daß er mit keinem Menschen auf der Welt tauschen möchte.

Wer die Menschen von außen beurteilt, der hält Timmann leicht für glücklich. Dieser schlanke, gutgewachsene Mann mit dem stillen, milden, bartlosen Gesichte sieht aus, als sei niemals ein Sturm über seine Seele gegangen. Seine Bewegungen sind ruhig und abgemessen, seine Stimme klingt gleichmütig und gelassen, und das Lächeln, das um seine schmalen Lippen geht, wenn er den jungen Katzen zusieht oder mit dem Stieglitz spricht, erinnert an den sanften Glanz, den die Abendsonne auf ein klares Wasser legt.

Er kann ja auch zufrieden sein. Das Haus ist schuldenfrei, Arbeit hat er mehr, als er gebrauchen kann, und seitdem er fünftausend Taler bar erbte, kann er getrost in die Zeit hineinsehen, die seinen Rücken müde, seine Augen matt und seine Finger langsam und unbeholfen machen wird. Und einen Feind hat er nicht, weder im Dorfe noch sonstwo auf der Welt. Aber dennoch sieht der Mann in Wirklichkeit nicht so recht froh aus; die Falten, die von seiner Nase zu den Mundwinkeln laufen, sind reichlich tief und um seine Augen liegt, wenn er gedankenlos über die Arbeit hinwegsieht, ein eigener Zug, als hätte er vor irgend etwas Furcht oder nach irgend etwas Sehnsucht. Wenn der Spitz oder die Katze reden könnten, dann würden sie von Stunden erzählen können, in denen der Meister mit dunkler Stirn vor sich hinstarrt und tief aufseufzt, wie ein Mann, der eine böse Erinnerung nicht los werden kann.

So ist es auch. Dieser Mann mit dem stillen, milden Gesicht und dem leichten, sanften Lächeln hat tief im Herzen eine Erinnerung, die ihn quält, wo er geht und steht, die ihm bei der Arbeit gegenübersitzt und ihn mit grauem Gesichte anstiert, die sich neben ihn stellt und ihn am Ärmel zupft, wenn er sich über seine Blumen freut, die sich hinter ihm mahnend räuspert, hört er nach dem Liede der Amsel hin, die ihm nachschleicht, wenn er abends durch die Wiesen geht, um sich an den roten Rehen zu freuen; sie starrt ihn aus der dunklen Stallecke an, beugt er sich zu seinen Schweinen hinab, winkt aus dem Bache hervor, wenn er Wasser holt, sitzt nachts vor seinem Bette und kniet gegen Morgen auf seiner Brust, und sogar in der Kirche bleibt sie bei ihm und grinst ihm die Andacht fort.

Wenn er auch denkt: „Nicht ich habe die Schuld, sondern er," und wenn er auch sagt: „Er hat mich mit boshaftigen Worten so weit gebracht," und beteuert er auch: „Ich habe es fünfundzwanzig Jahre lang bereut und seit jenem Tage noch keine frohe Stunde gehabt," und schreit es in ihm: „Meine Lippen sind welk von zurückgedrängten Seufzern und meine Augen müde von unvergessenen Tränen," das böse Gedenken antwortet ihm: „Rede nicht; denn du hast die Schuld, du allein. Seine Worte waren boshaftig, aber deine Tat ist ein Verbrechen. Reue weckt keine Toten wieder auf, und mit Tränen wird kein Blut abgewaschen. Du sollst daran tragen, bis deine Augen brechen, und wenn deine Seele sich von ihrem Leibe trennt, dann werde ich bei ihr bleiben und sie nicht verlassen und sie an den dritten Juli erinnern bis in aller Ewigkeiten Ewigkeit."

In der alten Erbbibel des Schneiders sind alle Blätter gelb, aber eines ist gelber als die andern alle, so oft hat der Mann diese Seite gelesen, so oft ist darüber sein Atem gestrichen, so oft fielen seine Tränen darauf in fünf Jahren des Jammers. Seitdem hat er diese Seite in dem Buche nicht mehr gelesen, zwanzig Jahre lang, aber im Geiste liest er sie jeden Tag; denn die Worte stehen fest in seinem Gedächtnisse, und die Buchstaben gehen vor seinen Augen her schwarz und schrecklich. Er sieht sie vor sich, wenn er gegen den Himmel blickt, wo die Schwalben spielen, schwarz auf hellblauem Grunde, und wenn abends die Krähen vorüberfliegen, dann werden es ihm Buchstaben, und er liest von dem rosenroten Himmel die Worte ab: „Kain, wo ist dein Bruder Abel?"

Aber das ist falsch; denn in Wirklichkeit müßte dort am Himmel zu lesen sein: „Abel, wo ist dein Bruder Kain?" Denn er war stets wie Abel gewesen, milden Herzens und sanft von Seele, und jegliche Sünde lag ihm fern. Wo die andern lachten, da lächelte er, und wenn sie tranken, dann hatte er genippt. Aber ein ducknackischer Spielverderber war er nie gewesen, nur feiner und vornehmer als die andern Jungkerle, und er hatte Maß zu halten gewußt in Speise und Trank und Vergnügen, ohne sich darum besser zu dünken als die anderen; denn er wußte nicht, was Stolz und Hochmut war. So still und gelassen er war, so hatte er doch Mut und Entschlossenheit genug; er fiel den durchgehenden Pferden ohne Besinnung in die Zügel und hatte ein Kind aus einem brennenden Hause geholt. Auf seiner rechten Schulter ist heute noch die Stelle rot, die ihm der brennende Balken versengte.

Sein Bruder Friedrich war anders. Mit dem Munde war der immer vorne weg, und wo es hoch herging, mußte er dabei sein. Bei keiner Arbeit hielt er recht aus, aber wenn Schnapsgläser und Bierflaschen auf dem Tische waren, dann stand er seinen Mann. In der Schule hatte er nie die Aufgaben behalten können, aber für alle Schelmenlieder hatte er einen anschlägigen Kopf, und es gab keinen schmutzigen Witz, den er nicht kannte. Schon auf der Schule war er hinter den Mädchen her, und als er in die Lehre kam, da wurde es damit noch schlimmer. Sein erster Meister warf ihn aus diesem Grunde hinaus, und von dem zweiten holte ihn der Vater fort, weil der Junge von dem alten Meister das Trinken und von der jungen Meisterin nichts Besseres lernte. Beim dritten Meister lief er fort und trat bei einem Fischer ein, von dem die Rede war, er fische bei Tage im Wasser und abends im Trüben.

Als Soldat hielt er sich gut; denn er war der beste Schütze in der Kompanie und verstand es, sich gut herauszulügen. Kapitulieren wollte er aber nicht, und so erschien er eines Tages wieder zu Hause. Der alte Timmann war inzwischen gestorben. Friedrich ließ sich seine kleine Erbschaft auszahlen und verschwand auf zwei Jahre. Dann kam er wieder, fein im Zeuge, wie ein Herr aus der Stadt, lungerte im Dorfe umher, verführte die Knechte zum Kartjen und Trinken, machte die Spinnstube zum Tingeltangel und den Krug zur Saufbude. Ab und zu verschwand er auf einige Tage oder Wochen, um nach seinem Kompagnon zu sehen, wie er sagte, und wenn er wiederkam, hatte er meist Geld und trieb es toller als je, so daß die ernsten Leute schon die Köpfe zusammensteckten und berieten, wie man den Unband loswerden könne.

Um diese Zeit war es, daß Johann Timmann, der Schneider, sich mit Heiratsgedanken trug. Er hatte als ganz junger Mann einen Tanzschatz gehabt, aber zum Freien war es nicht gekommen, weil der Vater des Mädchens einen Bauern und keinen Handwerker zum Eidam haben wollte. Jetzt diente aber auf dem Dieshofe ein Mädchen als Große Magd, deren Vater Handwerker war. Sie war ansehnlich von Wuchs, freundlich von Gesicht, fröhlich von Wesen, und die Arbeit ging ihr gut von der Hand. Johann, der dem alten Diesbur, der damals Vorsteher war, bei den Schreibarbeiten viel zur Hand ging, hatte das Gefühl, daß das Mädchen, Lina Röper hieß sie, ihn gern leiden möge, machte sich an sie heran und bekam von dem Bauern heraus, daß sie ihn nehmen würde.

Da tauchte Friedrich wieder im Dorfe auf, und seitdem war Line anders in ihrem Benehmen. Auf dem Dieshofe war Friedrich nicht gern gesehen und ihm selbst gefiel es dort auch nicht; denn der Bauer hatte eine sonderbare Art, an ihm herunterzusehen, und wenn Friedrich im Kruge von seinen Agenturgeschäften prahlte und der Diesbur trat ein, dann wollte ihm das Wort nicht mehr so recht aus dem Munde. Bei den Mädchen hatte Friedrich aber Oberwasser; denn er war ein bildschöner Kerl mit krausem, gelben Haar und lustigen Augen und trug einen Schnurrbart, wie ein Leutnant, und er hatte eine Art, nicht lange zu fragen und gleich auf das Ganze zu gehen, die mancheiner gefiel.

Das kam Johann mit der Zeit auch zu Ohren und betrübte ihn sehr; denn da merkte er erst, daß er das Mädchen von Herzen lieb hatte. Er machte einigemale den Versuch, sie allein zu sprechen, aber sie wich ihm immer aus, und so zog er sich zurück. Als dann Friedrich wieder auf Reisen ging mit seinen beiden kleinen Musterkoffern, die er immer verschlossen hielt und in die er niemand hineinsehen ließ, machte Line ihrem alten Liebhaber wieder freundlichere Augen, und obgleich Johann ein unbestimmtes Mißtrauen nicht loswerden konnte, so zog es ihn doch so sehr zu dem Mädchen, daß er seinen Verdacht beiseite jagte, wieder mit Line öfter zusammentraf und sie schließlich fragte, ob sie ihn heiraten wolle. Sie schlug eiliger ein, als er erwartet hatte; denn ein so hübsches, ansehnliches und tüchtiges Mädchen, das eine gute Aussteuer und etwas Bargeld hatte, kam nicht in Verlegenheit um einen Mann. Um so mehr freute es Johann, daß das Mädchen ihm in jeder Weise entgegenkam und auf eine baldige Heirat drang, was ihm recht war, da seine Schwester zum Herbst auch heiraten wollte und er dann allein im Hause gewesen wäre.

Er arbeitete nun noch einmal so fleißig, und wenn er nicht auf dem Schneidertische saß, dann richtete er das Haus neu her, frischte die Möbel auf, weißte die Wände, machte Garten und Hof zurecht und besserte den Zaun aus, daß es eine Freude war, das kleine Anwesen zu sehen und der Diesbur ihm eines Tages sagte: „Es ist ein Jammer, daß du ein Schneider bist; so ein Mann, wie du, das hätte einen Hauptbauern gegeben, sag ich. Aber lasse dich meine Worte nicht gereuen; was der Mensch ist, das ist gleich, wenn er seine Sache imstande hält." Und der Bauer, der sonst eine knappe Hand hatte und bar gegen bar zu rechnen pflegte, schenkte ihm je einen Stamm Hühner und Enten und das ganze Bauholz für den Stall und entschuldigte sich dafür bei Johann, indem er sagte: „Die Schreiberei, die du für mich machst, kann ich doch nicht mit Geld bezahlen, und dann wächst mir das alles zu, und du müßtest es bar bezahlen, sage ich."

Eines Tages war auch Friedrich wieder da. Er sah nicht so gut aus wie sonst, weder im Gesichte noch im Zeuge, und es schien, als ob er wenig Geld habe; denn er war selten im Kruge zu sehen, obgleich er jeden Nachmittag verschwand. Auffallend war es Johann, daß Line ihm seitdem verändert vorkam; ihr Gesicht war blaß und ihre Züge waren gröber geworden und in ihren Augen lag es wie Angst. Johann machte sich allerlei Gedanken darüber, um so mehr, als er einmal Line und seinen Bruder unter den Eichen des Diesburhofes zusammenstehen sah. Aber schließlich durfte er darin nichts finden, daß Friedrich mit seiner zukünftigen Brudersfrau sprach. Sehr störend war es ihm aber, daß sein Bruder ihn fortwährend um Geld anging, trotzdem er ihm noch dreißig Taler schuldig war; denn für die Hochzeit brauchte er bares Geld. Überhaupt wurde ihm sein Bruder von Tag zu Tag unbequemer und unheimlicher. Er war in der Stadt mehrfach mit verdächtigen Leuten gesehen, und wenn er nach seinen sonderbaren Reisen nach Hause kam, dann war er meist angetrunken und beleidigte Johann auf alle Art, so daß diesem schon seit Wochen die Wut am Herzen fraß.

Am dritten Juli nachts um zwei Uhr kam Friedrich wieder betrunken heim und stolperte in seine Kammer. Als Johann am andern Morgen das Geld für einen abgelieferten Anzug in die Schieblade legen wollte, sah er, daß die vier Taler, die er noch haben mußte, verschwunden waren. Das Blut stand ihm still und die Knie wurden ihm schwach; denn den Schlüssel hatte er in seiner Tasche und einen ähnlichen gab es so bald nicht. Friedrich mußte das Schloß mit einem Nachschlüssel geöffnet haben. Johann setzte sich und dachte nach; die sonderbaren Reisen, die sein Bruder machte, das viele Geld, das er manchmal hatte, die beiden kleinen schweren Koffer, in die er niemand hineinsehen ließ, und daß er als Schlosser gelernt hatte, und der Verkehr mit dem alten Mosinski in der Stadt, der wegen Hehlerei schon Zuchthaus gehabt hatte, alles das fiel dem Schneider nun ein, und er beschloß, seinem Bruder das Haus zu weisen, so schwer es ihm auch wurde, hart gegen sein eigenes Blut zu sein.

In trauriger Stimmung holte er sich den Hammer und eine Tasche Nägel aus dem Schranke und schlug auf dem Vorplatze ein Wandbörd an. Kaum hatte er einen Schlag getan, da stürzte Friedrich aus seiner Kammer, feuerrot im Gesicht, mit wirrem Haare und wütenden Augen: „Nicht einmal ausschlafen kann man," fuhr er seinen Bruder an. Da riß diesem die Geduld, und alles das, was er seit Jahren und besonders seit den letzten Wochen auf dem Herzen getragen hatte, entlud er nun, und zum Schlusse rief er ihm zu: „Am liebsten ist es mir, du gehst gleich; denn ich habe keine Lust, mich vor der Hochzeit deinetwegen krank zu ärgern. Und mein Geld will ich jetzt auch haben. Und wo sind die vier Taler, die du mir gestern gestohlen hast?"

Friedrich stand vor ihm, pfiff ein Schelmenlied und lachte seinem Bruder frech in das Gesicht. Und als der tiefatmend und mit kreideweißem Gesicht seine Rede schloß, da lachte der andere laut auf und sagte: „Ja, es ist auch wohl besser, daß ich gehe; denn ich will keinem im Wege sein. Aber beeile dich nur mit der Hochzeit, sonst kannst du am Ende meinen Jungen eher taufen lassen, als bis der Pastor euch zusammengegeben hat."

Das sind nun fünfundzwanzig Jahre her, aber noch heute weiß der Schneider, wie es dann kam. Mit einem Schlage war ihm alles klar, Lines seltsames Wesen, ihre Schwerfälligkeit, ihr Drängen auf baldige Hochzeit, ihre unsicheren Augen, und da vor ihm stand der Lump, sein eigener Bruder, und lachte ihm mitten in das Gesicht hinein und pfiff das freche Schelmenlied. Und dann lag Friedrich auf einmal auf der Erde, und die Schwester kam herein, wollte aufschreien und besann sich aber, und dann saß er im Großvaterstuhl am Ofen, und vor ihm stand der Diesbur und sprach:

„Red' dir doch nicht selbst etwas vor! Daß das mit dem kein anderes Ende nahm bei seinem Saufen, das konnte ein jeder sehen. Ruhig, Schneider, und rede nicht! Es ist ein Schlagfluß und weiter nichts. An dem Hammer war kein Tropfen Blut, und wenn schon, dann wäre es auch kein Unglück, und unser Herrgott würde es dir vergeben. Aber davon ist ja gar keine Rede. Wenn einer immer liederlich lebt und acht Tage vor lauter Schnaps nicht regelrecht ißt, dann wird er mürbe und kann beim Niesen tot hinfallen. Laß das Weinen, Johann, das ist der Mensch nicht wert. Und jetzt komm' mit."

Er hatte ihn unter den Arm genommen und nach dem Diesburhofe gebracht, hatte ihn bis zur Beerdigung nicht aus den Fingern gelassen, sogar schlafen mußte Johann auf dem Hofe, und alle Gänge wegen der Beerdigung hatte der Großknecht machen müssen. Jeden Tag war der Bauer bei dem Schneider und redete ihm solange vor, daß, und das habe er mit eigenen Augen gesehen, Friedrich eher umgefallen sei, ehe Johann den Hammer gehoben habe, bis dieser es beinahe selber glaubte. Und als er von seiner Schwester hörte, daß Line Röper, als sie Friedrichs Tod vernommen habe, ohnmächtig geworden und am Tage darauf nach Haus gefahren sei und jetzt mit einem Kinde liege, da redete der Schneider sich ein, daß seine Tat kein Verbrechen gewesen sei, sondern ein Unglück, und in dem Gedanken wurde er bestärkt, als er Johanns Koffer öffnete und darin lauter blitzblankes Einbrecherwerkzeug, Formwachs und Pechlappen fand.

Im Dorfe wurde über den plötzlichen Tod Friedrichs zuerst wohl etwas gemunkelt, aber da der Diesbur erklärte, es läge Schlag vor, und da er nach wie vor gut Freund zu dem Schneider war, so verstummte das Gerede bald. Nach einem Jahr starb Johanns Schwester, ein Jahr darauf warf den Vorsteher der Schlag um. Jetzt konnte der Schneider aufatmen; denn nun gab es keinen Zeugen seiner Tat mehr. Aber davor hatte er nie Angst gehabt, er hatte nur immer sich selbst gefürchtet, hatte immer, wo er ging und stand, die Stimme seines Innern gehört.

Dieser Stimme wegen blieb er ledig. Was sollte eine Frau von einem Manne denken, der nachts aus dem Schlafe fuhr mit klopfendem Herzen und nasser Stirne, weil er wieder einmal die Stimme hatte rufen hören: „Kain, Kain, wo ist dein Bruder Abel?"

ROSENWILLEM

Da, wo am Ende des Dorfes der Fußweg nach Howe abgeht, steht ein kleines, ordentlich gehaltenes Haus mit einem hübschen Blumengarten davor und einer großmächtigen Pappel daneben.

Es gehört dem Arbeiter Wilhelm Nottbohm, genannt Rose, zu, oder vielmehr, es gehörte ihm; denn vor einiger Zeit haben sie ihn den Notweg nach Krusenhagen hingefahren, weil er Schluß mit seinem Leben gemacht hatte.

Es war eine schöne Beerdigung gewesen, obwohl Rosenwillem nicht zu den großen Leuten im Dorfe gehörte, und er hätte gewiß allen den Groll und die Bitterkeit, die ihn auf den Schragen brachten, beihalbe gelegt und beifällig gegrient, hätte er den Leichenzug sehen können. Es war, als ob einem großen Bauern die letzte Ehre angetan wurde; alles, was ichtens Zeit hatte, war gefolgt.

Denn wenn er auch nur ein kleiner Mann war, so hatte er doch seine Bedeutung in Ohlenhof. Nicht allein deswegen, weil er eine Amtsperson war; denn darauf gibt man hier wenig, sondern weil er für dreie arbeiten konnte. Arbeit war sein Leben, ganz gleich, welcher Art sie auch war. Er half bei den Bauern aus, war Hausschlachter und Fleischbeschauer, tat Botengänge und übernahm Lohnfuhren, war Obertreiber bei den Jagden, backte Torf, imkerte, machte Wiesen, hackte Plaggen, spielte Maurer und Zimmerer, hielt sein eigenes Land und das zugepachtete in Ordnung, und war dann noch Gemeindediener und Nachtwächter.

Er hatte einen Fehler: er trank ab und zu mehr als nötig war. Denn er hatte einen Kummer in sich. Schon als kleiner Junge hatte er am liebsten Soldat gespielt, und als er angemustert wurde, war er der einzige, der nüchtern in das Dorf zurückkam; denn er hatte sich so gefreut, daß er nicht mit den anderen Stellungspflichtigen von Wirtschaft zu Wirtschaft zog und trank und kriejöhlte, sondern er war so schnell wie möglich nach Ohlenhof gegangen.

Er war ein Soldat, wie er im Buche steht. Nicht ein einziges Mal kam er nur eine Sekunde zu spät zum Dienst, und nicht einmal bekam er einen Rüffel, selbst von seinem Wachtmeister nicht, einem von der Art, der da glaubte, ohne schnauzen ginge es nun einmal nicht. Es gefiel ihm beim Militär so gut, daß er zu kapitulieren beschloß, als seine Mutter, eine Witwe, plötzlich starb, und er nun für niemand zu sorgen hatte. Da schlug ihm ein Gaul das rechte Fußgelenk entzwei, und obgleich er nach vier Wochen wieder beinig war, so behielt er doch eine gewisse Schwäche zurück und wurde mit einer kleinen Pension entlassen.

Er grämte sich so, daß er sich an dem Tage zum ersten Male in seinem Leben um Kopf und Beine trank. Aber dann suchte er sich in Ohlenhof Arbeit, und da er fleißig war und gut voran kam, so heiratete er nach zwei Jahren ein rechtschaffenes und ordentliches Mädchen, das etwas Geld auf der Sparkasse hatte. Wenn die Kinder anfangs auch schnell aufeinander kamen, Rosenwillem und seine Frau kamen gut voran, wenn Rose auch dann und wann einmal trank. Allzu oft begab sich das auch nicht, und niemals bei Hochzeiten oder anderen Festlichkeiten, selbst dann nicht, wenn der Kriegerverein, dessen tätiges Mitglied Rose war, seine Begründung feierte.

Gewöhnlich begegnete Rose das, wenn er sich mit der Arbeit übernommen hatte. Er sprach dann ein paar Tage nichts, hatte einen engen Mund und sah an den Leuten vorbei, und auf einmal saß er im Kruge, trank sich voll, ohne viele Worte zu machen oder einen Unfug anzustellen, ging dann ruhig nach Hause, schlief sich gehörig aus, und arbeitete dann wieder, daß es rauchte. Seine Minna war eine vernünftige Frau, und sagte ihm deswegen kein böses Wort, sondern kochte, was er am liebsten mochte und ließ ihm zwei Flaschen Bier holen. Als die Pastorin in Krusenhagen, bei der sie viele Jahre in Dienst gewesen war, ihr einmal zuredete, sie solle ihrem Manne das Trinken abgewöhnen, meinte sie: „Och, Frau Pastern, die vier-, fünfmal im Jahre, daß ihm das zustößt, darüber mag ich kein Wort sagen. Dafür arbeitet er ja auch mehr als andere, und wie soll er sonst seinen alten Kummer, daß er nicht beim Militär bleiben konnte, loswerden. Und er ist ja auch ganz sinnig und ordentlich, wenn er auch noch so duhne ist."

Je älter er aber wurde, um so öfter kam er an das Trinken, besonders, seitdem er einmal schwer an Lungen- und Rippenfellentzündung gelegen hatte. Es dauerte dann nicht zehn und zwölf Stunden, bis er wieder arbeiten konnte, sondern einen vollen Tag, wenn nicht zwei, und das vertrug sich auf die Dauer mit seinem Amte als Gemeindediener und Nachtwächter nicht. Der Diesbauer, der ihn sonst gut leiden mochte, hatte ihm das einmal in seiner ruhigen Weise gesagt, und Rose nahm sich darauf eine ganze Zeit zusammen. Schließlich kippte er aber doch einmal wieder um und vergaß Tuten und Blasen, und das gerade in einer Nacht vor Weihnachten, in der an drei Stellen im Dorfe eingebrochen wurde.

Nun ließ man es ihn aber doch merken, daß man einen solchen Nachtwächter nicht gebrauchen könne. Er wurde vor das Bauernmal geladen, und es wurde ihm gesagt, wenn er seinen Dienst nicht rechtschaffen täte, so könne er seine Ämter nicht länger behalten. Ein volles halbes Jahr hielt er sich aufrecht. Dann bekam er es wieder mit dem Trinken, und unglücklicherweise just in der Nacht, als in dem Häuslingshause auf Hengstmannshofe Feuer auskam. Zwei Drittel der Gemeindeversammlung war dafür, daß er gekündigt werden sollte; aber da der Vorsteher für ihn sprach, so verblieb es bei einer zweiten Verwarnung. „Das ist aber das letzte Mal, Willem," sagte der Diesbur, „beim dritten Male ist Schluß!"

Fast ein Jahr ging seitdem dahin. Da übernahm Rose sich bei der Dreschmaschine, bekam einen Ohnmachtsanfall, hatte drei Tage lang eine krause Stirn, trank sich, als er in Howe zu tun hatte, bis oben hin voll und verschlief zwei Nächte. In der zweiten Nacht brannte das Beckmannsche Haus ab, ohne daß der Nachtwächter Feuer geblasen hatte. Am nächsten Abend trat das Bauernmal zusammen und beschloß einmütig, ihm aufzusagen.

Als ihm das mitgeteilt wurde, wurde er so weiß wie eine Wand, sagte aber kein Wort, sondern legte sich zu Bett, verweigerte Speise und Trank, und war am dritten Tage eine Leiche. Er hatte sich totgeärgert.

DIE ERBFEINDE

Außerhalb des Dorfes wohnen die sieben Brinksitzer, die neuen Ansiedler, die nicht zu der Interessentengemeinde gehören, sondern sich als Erbzinsbauern auf dem Gemeindelande zwischen der alten Feldmark und der Marsch niedergelassen haben, ihre kleinen Äcker bebauen und auf die großen Höfe zur Arbeit gehen.

Es sind alles gutgestellte, ordentliche Leute, die langsam, aber sicher in die Höhe kommen. Das sieht man gleich an den sauber gehaltenen Häusern, an den gut gepflegten Blumengärten vor den Türen, an dem Kletterobst, das die Wände bedeckt, und an so mancher Kleinigkeit, die über des Lebens Notdurft hinausgeht.

Der Brinksitzer, der am nächsten nach dem Dorfe zu wohnt und mithin die älteste Neusiedlung hat, heißt Kohrs, wird aber zum Unterschiede von seinem Nachbar, der ebenfalls Cohrs heißt, sich aber mit einem C und nicht mit einem K schreibt, Ohlenkohrs genannt, während sein Nachbar Lüttgencohrs genannt wird.

Zwischen den beiden Familien besteht ein alter Haß, wie man das sofort erkennt, kommt man an den Häusern vorbei. Auf demjenigen Fensterladen an dem Ohlenkohrsschen Hause, der dem Nachbarhause zugewandt ist, steht der dreiundzwanzigste Vers des vierundneunzigsten Psalmes angeschrieben, und auf dem gegenüberliegenden der vierundzwanzigste Vers des fünfundfünfzigsten Psalmes.

Wenn Ohlenkohrs in den Krug kommt, trinkt Lüttgencohrs seinen Schnaps aus und geht fort, und sitzt Ohlenkohrs beim Krüger und Lüttgencohrs kommt, so macht Ohlenkohrs, daß er weiterkommt. Wenn sie sich im Dorfe begegnen, so sehen sie aneinander vorbei, ohne sich die Tageszeit zu bieten, und ihre Frauen und Kinder machen es ebenso.

Ohlenkohrs ist für Lüttgencohrs Luft, und Lüttgencohrs ist für Ohlenkohrs nicht da; Frau Ohlenkohrs tut so, als ob es eine Frau Lüttgencohrs nicht gäbe, und diese hält es mit ihr genau so, und obgleich Ohlenkohrs Sophie und Lüttgencohrs Marie Haus bei Haus aufgewachsen sind, und obwohl sie im Alter und auch sonst vorzüglich zueinander passen, nie haben sie zusammen gespielt, niemals miteinander gesprochen, wenn sie auch die ganze Schulzeit zusammen abmachten, und Ohlenkohr's Heini würde lieber mit einem Kiepenflickerkind tanzen als mit Lüttgencohrs' Marie.

So weit geht der Haß, daß, als vor zwei Jahren in Lüttgencohrs' Stall Feuer auskam, als keiner zu Hause war, und Ohlenkohrs Mutter es sah, sie nicht „Feurio!" rief; und wenn nicht der Viehhändler Meyerstein, der gerade vorbeifuhr, den Brand bemerkt und Hilfe geholt hätte, so wäre das ganze Anwesen in Asche gefallen. Dafür hielt es aber auch Ohlenkohrs' Altmutter, als sie im Garten zu Falle kam und sich das Bein brach, für unter ihrer Würde, Frau Lüttgencohrs, die nebenan im Hofe auf und ab ging, um Beistand zu bitten, und trotz ihrer großen Schmerzen blieb sie drei Stunden zwischen den Kartoffeln liegen, bis ihre Tochter sie fand. Dafür mußte sie dann auch an dem Bruche sterben.

„Für ihre Unvernunft," sagte der Doktor; „wegen ihrer Unchristlichkeit," meinte der Pastor, der sich alle Mühe gegeben hatte, die Nachbarn zu bewegen, die beiden Psalmsprüche auf den Fensterläden zu beseitigen. Er hatte sich den Hals trocken geredet und Milde und Härte gebraucht, aber weder das eine noch das andere half ihm; heute noch stehen auf dem grünen Fensterladen am Ohlenkohrsschen Hause in weißer Ölfarbe die bösen Worte, und ihnen gegenüber sind schwarz auf braunem Grunde und doppelt so groß die anderen sichtbar.

Irgendwer, und man nimmt an, der dritte Brinksitzer Neumann, ein Mann, der zu der Gemeinde der Kinder Gottes gehört und mehrfach geäußert hatte, daß die Sprüche auf den Fensterläden eine Sünde wider den heiligen Geist seien, hat nächtlicherweile die Inschriften abgekratzt, aber sowohl Kohrs wie Cohrs frischten sie sofort wieder auf, und so hat man sich an sie gewöhnt und nimmt sie hin wie des Diesbauern Grobheit und Rischmöllerfiekens Rumflasche.

Sie stehen ja auch schon über fünfzig Jahre da; denn der Haß der beiden Nachbarn ist nicht von heute und nicht von gestern, sondern er ist von den Großeltern überkommen, und auch diese brachten ihn als Erbgut von ihren Eltern mit, und gerade deshalb hört er nicht auf; denn je älter ein Käse und je länger ein Haß ist, um so stinkender werden beide. Deshalb nimmt der Haß zwischen den beiden Nachbarn auch nicht ab, wenn er sich auch nur noch darin zeigt, daß die Kohrs und die Cohrs sich nicht kennen und sich aus dem Wege gehen, wo es eben geht, und auf den Fensterläden die beiden Sprüche aus dem vierundneunzigsten und fünfundfünfzigsten Psalme zu sehen sind. Ganz schrecklich sieht sich das an, und wer sie das erstemal liest, der meint, Mord und Totschlag sei hier vorgefallen.

Es ist aber weder Mord noch Totschlag zwischen den beiden Häusern vorgefallen, und seitdem sich Kohrs' Heini und Cohrs' Ludchen auf dem Wege vom Konfirmandenunterrichte gehörig verwackelten, hat es kein böses Wort, geschweige denn einen Schlag zwischen einem Kohrs und einem Cohrs gegeben.

Als hüben und drüben die alten Leute, die jetzt schon tot sind, das Leit in der Hand hatten, waren die beiden ältesten Brinksitzer ein Ärgernis für die ganze Siedlung; denn immer wieder und ewig gab es Zank und Streit dort, und die Widerworte flogen nur so über die Zäune. Verirrte sich die Kohrssche Katze in den Cohrsschen Garten, so war zehn gegen eins zu wetten, daß sie kreuzlahm wieder zurückkam; denn sofort flog ihr ein Stück Brennholz gegen den Leib. Anderseits, wenn die Cohrsschen Hühner überflogen, so scheuchten Kohrs sie nicht zurück, sondern schmissen mit dem ersten besten Werkzeug danach, das sie zur Hand hatten, und als dabei einst die beste Cohrssche Legehenne um ihr Leben kam, lag am andern Tage Kohrs schönste Katze, die dreifarbige, tot auf der Straße, und nun gab es erst eine lange Schimpferei, und schließlich gab Cohrs, der ein sehr heftiger Mann war, dem Kohrs eins gegen die Backe, daß dem ein Zahn in den Mund flog, und dafür bekam Cohrs acht Tage Haft.

Das verdroß ihn so sehr, daß es nun zum vollen Kriege kam. Sobald bei Kohrs niemand zu Hause gewesen war, lagen nachher die grünen Äpfel, Birnen und Pflaumen abgeschüttelt im Grase, oder ein paar Fensterscheiben waren eingeworfen, oder ein Huhn war abgängig und kam nicht wieder zum Vorschein, oder eins von den Kohrsschen Kindern bekam hinterrücks einen Stein an den Kopf, ohne sagen zu können, von wem. Kohrs, ein stiller und ruhiger Mann, war wehrlos gegen solche Niedertracht. Als er dem Vorsteher sein Leid klagte, hob der die Schultern auf und meinte: „Beweise hast du keine; also können wir nichts machen." Da wurde eines Nachts bei Kohrs ein alter Bienenkorb auf das Dach gesetzt und unter das Fenster von Kohrs' Lieschen, die das hübscheste und ordentlichste Mädchen im Dorfe war, Häcksel gestreut, und am nächsten Tage gingen die Bauern abends mit ihren langen Stöcken hintenherum in den Krug.

Von diesem Augenblick an merkte Lüttgencohrs, daß er sich vorsehen müsse. Beim Erntebier hatte keiner von den Jungens mit seinem Lieschen getanzt. Niemand bot ihm oder seiner Frau zuerst die Tageszeit, und wen sie grüßten, der dankte ihnen nur so, als gelte es einem Zigeuner. Vier Wochen bezähmten die Cohrs ihre Bosheit, aber als Cohrs Junge das kleinste Mädchen vom Nachbarhause in den Dreck stieß und deren Mutter ihm dafür eins überzog, stürzte Frau Cohrs aus dem Hause und machte eine solche Schande, daß alle anderen Brinksitzer aus ihren Türen kamen und wie aus einem Munde schrien: „Das ist ja noch schlimmer als wie bei Katzen und Hunden in einem Stall." Aber als Frau Cohrs den anderen Frauen erzählen wollte, daß Frau Kohrs ihren Fritz geschlagen habe, drehten sie sich alle um und gingen in ihre Häuser zurück.

In der Nacht desselben Tages fuhren alle Lüttgencohrs wie unklug aus den Betten; denn ein halbes Dutzend Fäuste schlugen gegen die Fensterläden der Schlafdönze, an die dreißig Stimmen brüllten, und mehrere Hörner tuteten, und es war ein gewaltiges Klingeln und Klappern und Wetzen draußen.

„Himmlischer Vater!" schrie Cohrsmutter und fing an zu weinen, „sie streichen bei uns." Sie wollte ihren Unterrock anziehen, aber das Schlagen und Klappern und Wetzen wurde noch viel schlimmer, und immer gefährlicher hörte es sich an, wie draußen gebrüllt wurde: „Herut, herut, Lüttgencohrs herut, Cohrsmutter herut, alle miteinander herut! Herut, herut, herut!" Und da ging auch schon das schreckliche Gesinge los, das sie noch keinmal gehört, von dem ihr aber die Altmutter erzählt hatte: „Wir wollen, wir wollen der Gaffelzange, der ollen, der woll'n wir es lehren, die woll'n wir bekehren," und dreißig Sensen wurden gestrichen, daß es fürchterlich anzuhören war.

Was sollten Lüttgencohrs machen? So wie sie aus ihren Betten kamen, barfuß und im Hemde, alle miteinander, groß und klein, mußten sie vor die Tür treten, sich in einer Reihe aufstellen, die Köpfe auf die Brust halten und die Hände falten, und dann kam aus den fünfzig und noch mehr Gestalten, deren Sensen im hellen Mondlicht blitzten, eine hervor, die sich das Gesicht mit Ruß schwarz gemacht hatte, und las ihnen vor allem Volke, denn die übrigen Brinksitzer kamen nach und nach aus ihren Häusern, einen langen Reimspruch vor, in dem ihnen ihre Untaten vorgehalten und mehr als deutlich die Leviten gelesen wurden, und am Schluß hieß es: „Somit befehlen wir Euch, sowohl jung wie alt, daß Ihr hinfüro Frieden halt'. Verharrt Ihr aber in Euren Sünden, so werden wir Euch das Maul verbinden, Euch das Schandemachen wehren und Euch vor das Dorf hinauskehren!" Dann ging das Streichen, Trommeln und Tuten noch einmal los, eine helle Stimme schrie: „Is aus, is aus, zuhaus',

zuhaus'! Und wer sich umme dreht, dem es leege geht!" und sobald die Leute die Türen hinter sich zuschlugen, war alles stille.

Seit diesem Strafgerichte hielten die Cohrs Frieden. Wenn es einmal vorkam, daß die Kinder aus dem einen und dem anderen Hause etwas miteinander hatten, so mischten sich die Eltern nicht hinein oder straften höchstens ihre eigenen Kinder ab. Der alte Haß aber ist geblieben, wenn er sich auch weder in Worten noch in Taten, ja nicht einmal in Mienen und Blicken mehr zeigt. Aber wenn man Kohrs fragen würde, woher die alte Feindschaft zwischen ihm und Cohrs eigentlich stamme, er könnte es nicht sagen, und Cohrs noch weniger. Kohrs glaubt, sich zu erinnern, daß sein Vater ihm einmal erzählt habe, er sei, als er diente, von einem Cohrs, der damals Gefreiter war, ungerecht behandelt; aber das kann die Grundursache zu dem Hasse nicht sein, weil der schon aus dem vorvorletzten Geschlechte stammt. Es ist jetzt auch so recht niemand mehr im Dorfe, der es weiß, warum die Kohrs und die Cohrs Erbfeinde sind, seitdem Ohm Jürn, der Schnuckenschäfer vom Dieshofe, tot ist, und der Altvater vom Dieshofe desgleichen. Es ist ja möglich, daß sein Großsohn, der Diesbauer, noch von der Geschichte weiß; denn wenn er bei den beiden Brinksitzern vorbeigeht, sieht es sich beinahe so an, als müsse er sich das Lachen verbeißen.

Denn eigentlich ist es zu dumm, warum die Kohrs und die Cohrs sich nicht besehen können. Der erste Kohrs hatte es übel genommen, daß der zweite Brinksitzer ebenfalls Cohrs hieß, wenn er sich auch mit einem C schrieb, und er hatte ihn zum Spaß einmal Zohrs genannt, und Cohrs, der einen scharfen Mund hatte, hatte ihn darauf Kakohrs genannt, und das hatte Kohrs mächtig gewurmt. Nun hatte Cohrs eine Frau, die ein gefährlich schnelles Maulwerk hatte, das sie mehr als nötig gebrauchte, und dann hörte sich das so an, als ob ein Hund belle, und deshalb hatte Frau Kohrs sie Karo getauft. Die Cohrssche war, als sie das hörte, rein außer sich geraten und hatte der Kohrsschen, die etwas sehr dick war und etwas watschelte, den Ekelnamen olle Goos angehängt. Alles das geschah aber nicht von Angesicht zu Angesicht, sondern hinten herum, und war auch nicht so böse gemeint.

Als aber eines Tages die Cohrssche wieder am Keifen war, schrie Kohrs' Emil, obgleich Cohrs' Otto das hören konnte, ganz laut seiner Schwester zu: „Karo ist all wieder am Bellen," wofür Otto ihm einen Stockhieb auf die Nase gab, daß diese gehörig blutete und noch acht Tage lang blau und grün war, und dafür drosch seine Mutter Cohrs' Otto gehörig durch, und als die Cohrssche dazu kam, gab es ein großes Geschimpfe zwischen den beiden Frauen. Als Frau Kohrs am anderen Morgen aus dem Fenster sah, war ihr schöner Syringenbusch abgeschnitten, und an seiner Stelle stak ein Stock in der Erde, der ein Stück Pappe trug, und was darauf gekritzelt war, das brachte die dicke Kohrssche so in Feuer, daß es ein großes Hallo gab, aus dem es dann zu einer Feindschaft für immer und ewig kam.

Wenn nun auch die Nachkommen der Kohrs wie der Cohrs das vergessen haben, darum steht immer noch an dem einen Hause zu lesen: „Und Er wird sie um ihre Boshaftigkeit austilgen; der HERR unser GOTT wird sie austilgen," und an dem Cohrsschen Fenster steht geschrieben: „GOTT, Du wirst sie hinunterstoßen in die tiefe Grube. Die Blutgierigen und Falschen werden ihr Leben nicht auf die Hälfte bringen."

Denn auf jenem Pappzettel standen die Worte: „Süh, du olle Goos, dienen Zühränenbusch büstu loß!!!!"

JAKOB

Vor allen Fenstern in dem Haus der Wittfrau des Gemeindedieners Nottbohm stehen Blumen; vor den beiden Fenstern neben der Halbetür stehen keine Blumen, sondern vor dem einen zwei ausgestopfte Vögel, ein Stößer und ein grüner Specht, und vor dem anderen zwei alte Gläser; in dem einen sind Fidibusse, in dem anderen etliche Pfauenfedern.

Die beiden Fenster gehören nämlich zu der Stube, in der der Arbeiter Jakob Bennewies zur Miete wohnt. Er hat sie schon so lange inne, wie Nottbohms das Haus haben, denn er ist ein Wittmann. Seine Frau, die hübsche Katrine Kaneblei aus Fladder, ließ ihn ein Jahr nach der Ehe mit dem Kinde allein; denn sie starb der Hebamme unter den Händen weg.

Dieser Jakob Bennewies ist ein ganz wunderlicher Heiliger, einer der absonderlichsten Menschen in ganz Ohlenhof. Er kann arbeiten wie ein Pferd, und es gibt kaum eine Arbeit, die er nicht verstände. Er arbeitet auch Wochen, Monde, ja, ganze Jahre auf einer Stelle, aber nur, wenn man ihm seinen Willen läßt. Sobald ihm dazwischen geredet wird, nimmt er Axt und Säge auf die Schulter oder die Sense oder was es sonst ist, dreht sich um und geht fort, und dann kann es lange dauern, bis er bei demselben Besitzer wieder anfängt.

Denn Jakob hat einen Kopf, der ist so hart wie ein Eichenknubben. Pastor Wöhlers kann ein Lied davon singen; denn als Bennewies seine Frau verlor, las er viel in der Bibel und ging fast jedesmal nach der Kirche zu dem Pastor, um ihn wegen dieser oder jener Stelle, die ihm dunkel geblieben war, um Rat zu fragen, und der Geistliche hatte keinen leichten Stand mit dem Dickkopf. „Sehen Sie, Herr Pastor," hatte er eines Sonntags gesagt, „wenn Gott allwissend und allmächtig ist, dennso hat er es doch in der Hand, ob er den Menschen sündhaftig oder gerecht erschafft, und erschafft er ihn sündhaftig, dennso darf er ihn nicht in das ewigliche Feuer hineinverdammen, von wegen weil der Sünder doch keine Schuld daran hat, daß er seiner Natur folgen muß. Tut Gott das aber dennoch, so ist er nicht gerecht. Das ist meine Meinung in diesem Punkte." Pastor Wöhlers redete hin und redete her, es half alles nicht, Bennewies blieb bei seiner Meinung, und schließlich sagte er: „Tja, Herr Pastor, dennso will ich da nichts mehr von wissen. Nichts vor ungut." Damit ging er fort und ließ sich nicht wieder in der Kirche sehen.

Viele Jahre hat er auf der Mühle gearbeitet, teils im Betriebe selbst, teils auf dem Lande oder im Holze, auch die Jagd und die Fischerei für den Müller ausgeübt und Fuhren für ihn gemacht. Kassen hielt ihn wert; denn Jakob arbeitete für drei Männer, und wenn er keine bestimmte Arbeit hatte, so sägte er Holz, haute Plaggen, reinigte die Obstbäume, oder sah zu, wo es in Haus und Hof etwas neu zu machen oder auszubessern gab. Mit einem Male verzürnte er sich mit dem Müller. Was zwischen ihnen vorgefallen war, darüber wurde man weiter nichts gewahr, als daß Bennewies von dem Müller sagte: „De olle Grobsack wull' meck kommandeeren." Er verschwand dann völlig aus dem Dorfe und kam erst nach zwei Jahren mit neuem Zeug, guten Ersparnissen und einem großen Käfig mit einem Kakadu wieder; denn er war von jeher ein Vogelnarr gewesen. Wenn die Leute ihn fragten, wo er gewesen war, so zeigte er mit der Hand nach dem Bruche hin und sagte: „Da so rum 'n büschen in der Welt, Hamburg, Hannover und Berlin auch mal." Mehr sagte er nicht.

Eine Weile arbeitete er bald hier, bald da, und schließlich kam er mit Kassen wieder überein, und seitdem war er meist auf der Mühle. Nebenbei stopfte er Vögel aus und spielte auch zum Tanz auf; denn er versteht sich auf die Ziehharmonika und die Trompete und wird auch ganz gut mit der Fiedel fertig. Wenn aber die Zeit der Treibjagden kommt, ist er für keine Arbeit zu haben; weil er ein sicherer

Schütze und guter Gesellschafter ist, wird er nicht nur von den Bauern, sondern auch von den städtischen Jagdpächtern und mitunter sogar von dem Oberförster und dem Lohörster Baron eingeladen; denn wo Jakob ist, geht es immer lustig zu. Eine ganze Menge von Schnäcken weiß man von ihm. Als ihn zu der Zeit, wie Pastor Wöhlers wegen seiner Lungenentzündung lag, der Stellvertreter besuchte, weil er gehört hatte, daß Bennewies nicht mehr in die Kirche gehe, und da er in seiner Stube wohl allerlei Finken, Zeisige und Stieglitze, dazu Rehgehörne und ausgestopfte Tiere, aber keine Bibel vorfand, ihn fragte: „Eine Bibel haben Sie wohl nicht, Bennewies?“, soll dieser ganz trocken gesagt haben: „Haben Sie denn 'ne Trompete, Herr Pastor?“ Der Kirchwirt in Krusenhagen sagte ihm eines Tages: „Du, Jakob, vom letzten Danzefeste hast du noch sieben Glas Bier stehen.“ Bennewies antwortete ganz großartig: „Die gieß man weg, Ludolf; die sind wieldes doch sauer geworden.“ Alles lachte, und der Wirt wischte die sieben Kreidestriche weg und sagte: „Ein guter Schnack ist sieben Seidel wert.“ Auf einer Treibjagd in Lohorst stellte sich ein Schütze ihm in aller Form mit den Worten vor: „Staats von Münchhausen“; denn Jakob zog sich zu solchen Jagden beinahe herrschaftlich an. „Sehr erfreut!“ sagte er; „Bennewies von Ohlenhof.“ Es gab ein mächtiges Hallo darüber, und der junge Freiherr setzte sich beim Schüsseltreiben neben ihn und biederte sich gewaltig mit ihm an.

Im allgemeinen war Jakob sehr solide und ging nur ganz selten in den Krug, aber er fehlte bei keinem Erntebier und tanzte trotz seiner fünfundfünfzig Jahre wie ein Soldat. Er rechnete sich überhaupt immer zur Jungmannschaft und saß bei Danzefesten immer bei den Junggesellen, und dann kam es ihm nicht darauf an, einen Taler nach dem andern auszugeben. Wenn er ein bißchen viel getrunken hatte, wurde er leicht etwas krakehlsch und prahlte mit seinen Kräften. Bei einer solchen Gelegenheit hatte er einmal drei Koppelknechte, Kerle wie Bäume, beim Ringen einen nach dem andern so gegen den Boden geworfen, daß sie von da ab ganz still in ihrer Ecke blieben. Sonst war er aber die Güte selbst, und bei den Kindern war Onkel Jakob ebenso beliebt wie Doris Amhorst; denn gerade wie die hatte auch er immer ein paar Äpfel oder eine Grabse Nüsse für das kleine Volk in der Tasche, oder er baute ihnen Wassermühlen und schnitzte ihnen Schiffchen.

Sein Schicksal ist dem von Doris in gewisser Weise ähnlich, nur daß er weiß, wo sein Sohn ist, während Doris keine Ahnung hat, wo ihr Mann und ihr Junge geblieben sind. Denn Bennewies hat sich von seinem Sohne losgesagt, weil der nicht ganz und gar so wollte, wie er es von ihm verlangte. Der Junge lernte Schmied in Krusenhagen, und da er anfangs ein bißchen leicht war, verlangte sein Vater, daß er ihm den ganzen Lohn geben solle, damit er ihm das Geld auf die Sparkasse brächte. Das wollte Heini nicht, es gab Krach, und da wies der Vater ihm die Tür und schrie: „Dennso geh' hin! Ich sage mich von dir los für immer und ewig."

Das ist schon lange her. Heinrich Bennewies hat es zu etwas gebracht; er hat im Braunschweigischen in eine Schmiede geheiratet, hat eine tüchtige Frau und viel zu tun. Zweimal hat er seinen Vater aufgesucht, um sich mit ihm zu vertragen, aber der nahm Gewehr und Jagdholster, ging fort und kam erst nach drei Tagen wieder, als er hörte, daß sein Sohn abgereist wäre. Seine Schwiegertochter kam mit den beiden ältesten Kindern, um zu versuchen, den Schwiegervater umzustimmen; er machte es mit ihr ebenso wie mit ihrem Manne. Kassen, der Diesbur, Pastor Wöhlers und viele andere redeten sich den Mund fusselig, um Jakob zur Vernunft zu bringen. Es half nicht. „Ich habe mich für immer und ewig von ihm losgesagt", antwortete er; „ein Mann, ein Wort, und dabei bleibt es."

Jetzt ist er krank; er hat sich beim Passen auf Sauen etwas an die Brust geholt und wird es wohl nicht mehr lange machen. Seit drei Wochen hat er keinen Schritt mehr vor die Schwelle gesetzt. Er ist ganz weiß und klein geworden, hat einen kurzen Atem und kann kaum mehr vom Stuhl bis zum Tisch kommen. Anna Kassen, sein Verzug, besucht ihn einen Tag um den andern und bringt ihm Suppe und Wein. Sie hat den Versuch gemacht, ihn mit seinem Sohne zusammenzubringen. „Es hat keinen Zweck“, sagte sie im Pfarrhause, „daß Sie hingehen, Frau Pastorin; es ist nichts mit ihm zu machen. Ich habe ihm in Güte und auch anders zugeredet. Er schüttelt man bloß immer den Kopf. Ich kenne ihn von kleinauf an. Was der nicht will, da bringen ihn keine zehn Pferde zu.“

Jakob Bennewies wird einsam sterben, weil er an seinem Worte festhält, das er im jähen Zorn sprach.

DAS GEMEINDEHAUS

In Ohlenhof gibt es keine Ortsarmen, mithin auch kein Armenhaus, sondern nur ein Gemeindehaus. Bewohnt wird es von dem Holzhändler Friedrich Kollmann und von der Witwe Hermine Beckmann, gebürtigen Willers. Kollmann hatte als Hütejunge angefangen, war dann Koppelknecht geworden und weit in der Welt herumgekommen, bis nach Rußland und Frankreich hin. Später legte er sich auf den Holzhandel, und weil er fleißig und sparsam war, wurde er ein vermögender Mann, bis er bei dem Gründerkrach fast sein ganzes Geld verlor und knapp so viel behielt, daß er notdürftig leben konnte.

Wenn er aber auch sein Geld verlor, seinen Humor behielt er. Die Woche über arbeitete er in seinem Garten oder half hier und da einem Bauern bei der Buchführung oder beim Viehhandel; am Sonntag aber zog er seinen guten Rock an und ging nach Krusenhagen zur Kirche. Wenn er dann nach Hause kam, versuchte er jedesmal, Frau Beckmann Bericht über das zu geben, was der Pastor gepredigt hatte; aber sie ließ ihn niemals zu Worte kommen, so daß er ärgerlich die Pfeife wegstellte, sich zwei Zigarren einsteckte und in den Krug ging. Hinterher aber war er wieder gut Freund mit Frau Beckmann, und wenn er ihr auch vorher ihre Gottlosigkeit vorgeworfen hatte.

Denn Hermine Beckmann war gottlos oder vielmehr sie wollte es sein. Sie ging nie in die Kirche, sie nahm das Abendmahl nicht; sie las nicht in der Bibel und in dem Gesangbuch, und der Pastor hatte es längst aufgegeben, sie wieder auf den rechten Weg zu bringen. Sie war früher gottesfürchtig und fromm gewesen, wie alle Leute im Dorfe, war alle zwei Wochen zur Kirche und viermal im Jahre zum Abendmahl gegangen. Aber dann kam eine Reihe von Jahren, daß sie Bibel und Gesangbuch weglegte, nicht mehr zur Kirche finden konnte und ihre Ohren verschloß, wenn der Pastor, bald mit Milde, bald mit Strenge, auf sie einredete. Er konnte sagen, was er wollte, sie sah ihn mit ihren hellen Augen steif an, verzog keine Miene in ihrem mageren, braunen Gesicht, und das einzige, was sie antwortete, war immer wieder dasselbe. „Ich bin mein Lebtag ordentlich gewesen, Herr Pastor", sagte sie dann mit ihrer ruhigen Stimme, „und ich habe das nicht verdient."

Ordentlich war Hermine Willers von jeher gewesen. Lustig war sie gewesen, wie alle jungen Mädchen, war die dauerhafteste Tänzerin gewesen, aber sie hielt auch bei der Arbeit am meisten an. Die Jungens waren mächtig hinter ihr her; denn sie war eines von den glattesten Mädchen weit und breit, aber sie wußte, was sie von ihr wollten, und sie wußte auch, was sie wollte. Als sie vierundzwanzig Jahre alt war, ein Paar Arme wie Bäume und Backen, so rot wie Pfingstrosen, hatte, heiratete sie den Halbmeier Bernd Beckmann. Der Hof war etwas verschuldet; denn der Altvater Beckmann war ein Bummelant gewesen, der dem Schnapse schlecht aus dem Weg gehen konnte, auch hatte Bernd zwei Geschwister abfinden müssen; aber da Hermine etwas Bargeld hatte und ihr Mann ebenso fix in der Arbeit war, wie sie, so fürchteten sie sich nicht vor der Zukunft. Es wurde ihnen nicht leicht, über Wasser zu bleiben; denn ein Kind nach dem andern kam an, und einige ganz dürre und einige zu nasse Jahre brachten ihnen Not und Sorgen genug; doch sie halfen sich durch und lebten trotz ihrer Sorgen in Glück und Frieden.

Sie waren so weit, daß sie sich sagten: „Noch drei, vier Jahre, und dann kriegen wir Luft", da kam Unglück über Unglück über sie. Zwei Kühe und das Pferd fielen ihnen kurz hintereinander; kein Stück war versichert, denn das war damals noch wenig Brauch. Im nächsten Jahre schlug ihnen der Hagel die ganze Frucht zuschanden; das Heu verregnete, das Grummet ersoff und die Kartoffeln verfaulten. Im folgenden Jahre fielen ihnen die ganzen Schweine am wilden Feuer, und zu all dem Unglück brannte das Haus ab.

Einige schlechte Leute sagten Beckmann nach, er habe es angesteckt, denn er hatte versichert; das nahm er sich so zu Herzen, daß er hintersinnig wurde, acht Tage nicht aß und schlief und am neunten tot im Busche gefunden wurde. Er hatte sich aufgehängt.

Seine Frau hielt den Nacken steif. Bauen konnte sie nicht wieder, denn sie brauchte das Geld in anderer Weise; so zog sie in das Gemeindehaus, das damals ganz leer stand. Sie arbeitete wie ein Pferd, und ihre Kinder halfen ihr, aber es war, als sollte sie kein Glück auf der Welt haben. Die Kuh verkalbte, die Schweine fielen, das Federvieh ging ein, das Hochwasser verdarb ihr das Heu, ihre Lieblingstochter starb an Scharlach, die Zwillinge holte die Diphtheritis, die älteste Tochter kam in der Stadt in Schande und ging in das Wasser, und ihr ältester Sohn, ein prächtiger Mensch, wurde vom Blitz totgeschlagen. Aber das war noch nicht das Schlimmste; denn eines Tages bekam sie die Meldung, daß ihr zweiter Sohn, der Fritz, der in der Stadt etwas werden sollte, erst gespielt und dann Geld unterschlagen hatte, viel Geld sogar. Sie verkaufte so viel Land, wie nötig war und deckte das gestohlene Geld, und als Fritz aus dem Gefängnis heraus war, verkaufte sie den Rest, damit er nach Amerika gehen konnte. Und dann wurde sie Arbeitsfrau bei den Bauern.

Sie hatte ihren Mann verloren, ihren Hof und ihre Kinder, denn von Fritz kam keine Nachricht; ihren Stolz aber behielt sie. Sie bezahlte ihre Wohnung im Gemeindehause zum vollen Werte; sie wies das Angebot ihrer Geschwister, die in guten Verhältnissen lebten und sie zu sich nehmen wollten, zurück; sie ließ sich von den Bauern, bei denen sie arbeitete, niemals etwas schenken, so oft ihr das auch angeboten wurde. Sie bezahlte auch ihren Platz in der Kirche weiter, aber sie ließ ihn leer stehen. Sie ging, seitdem ihr Fritz in Schande gekommen war, nicht mehr in die Kirche, auch nicht an den hohen Feiertagen. Sie brachte auf alle ihre Gräber an den Todestagen Kränze, aber sie kniete nicht nieder und betete nicht. Der

Pastor kam anfangs oft und redete ihr zu, erst in Güte, dann anders; es half nichts. Seine Frau versuchte, sie umzustimmen, hatte aber ebenfalls kein Glück damit. Die Bibel, das Gesangbuch, die beiden frommen Bilder und der Konfirmationsspruch, der in Glas und Rahmen an der Wand hing, kamen zu unterst in die Beilade und blieben dort Jahr für Jahr liegen.

Ein Dutzend Jahre und mehr lebte Frau Beckmann so dahin, fleißig bei der Arbeit und gefällig, wo sie helfen konnte. Die Leute im Dorfe gewöhnten sich daran, daß sie auch Sonntags arbeitete. Das hörte erst auf, als Kollmann und seine Frau in das Gemeindehaus einzogen. Wäre Frau Beckmann nicht dagewesen, so hätte es schlecht um die beiden Leute gestanden; denn Frau Kollmann tat nichts als jammern und weinen und lag vier von den sieben Wochentagen im Bett. So besorgte Frau Beckmann die ganze Hausarbeit, und als Frau Kollmann starb, sorgte sie für den Mann weiter, als wenn es ihr eigner war. Dabei vertrug sie sich eigentlich gar nicht gut mit ihm; denn er war durch sein Unglück fromm geworden und hielt sie immer zum Kirchgehen und Bibellesen an. Eine Weile ließ sie ihn reden; wurde es ihr aber zu viel damit, dann nahm sie den Spaten und ging in den Garten oder tat eine andre schwere Arbeit. Kollmann knurrte dann allerlei von Gottlosigkeit und Sabbatschändung und ging vor Ärger in den Krug. Abends aber saßen sie wieder friedlich zusammen; sie strickte und er rauchte und erzählte ihr von Rußland und Frankreich und wo er sonst gewesen war.

Eines Sonntags machten die Kirchgänger in Krusenhagen aber große Augen; denn Hermine Beckmann kam daher, das Gesangbuch in den Händen und darauf das Taschentuch und den Rükebusch. Sie sah so aus wie sonst, bloß daß ihre Augen blanker waren und daß sie beinahe lächelte, wenn sie einem Bekannten zunickte. Der Pastor blieb fast in der Predigt stecken, als er sie auf ihrem Platze sah, doch als er sie nach der Kirche sprechen wollte, war sie schon fort. Die Neugierde ließ ihm aber keine Ruhe, und da er am folgenden Tage auf dem Gute eingeladen war, machte er den Umweg über Ohlenhof und sprach im Gemeindehause vor, traf die Frau aber nicht an; denn sie arbeitete auf dem Dieshofe. Er fragte Kollmann, was es für eine Bewandtnis damit hätte, daß sie sich wieder habe in der Kirche sehen lassen, doch der wußte nicht, daß sich etwas besonderes begeben hatte und meinte bloß, er hätte ihr so lange ihre Gottlosigkeit vorgestellt, bis sie sich seine Reden zu Herzen genommen habe. Doch das schien dem Geistlichen nicht wahrscheinlich zu sein.

Nach längerer Zeit traf er sie einmal zu Hause. „Na, Frau Beckmann", fing er schließlich an, nachdem er erst allerhand von dem Wetter und anderen Dingen gesprochen hatte, „es freut mich sehr, daß Sie sich wieder mit unserem Herrgott ausgesöhnt haben. Lange genug hat es aber auch gedauert!" Die Frau sah erst vor sich hin, und dann sagte sie langsam: „Ausgesöhnt? Das ist nun nicht an dem, Herr Pastor; denn mir ist doch reichlich genug Unglück aufgehuckt! und verdient hatte ich das gewiß nicht. Ich bin mein Lebtag ordentlich gewesen und habe mir keinmal was zuschulden kommen lassen; das kann ich dreist sagen, und gottesfürchtig war ich auch, und so hatte ich die Prüfungen nicht nötig. Das sage ich auch heute noch, und ich bleibe dabei: eine Unbill war es, und dafür mich noch mit Gebet zu bedanken, das kann ich nicht."

Sie sah den Pastor klar an und fuhr fort: „Bloß daß ich unterdes der Meinung geworden bin, daß das alles mehr ein Unglück, denn eine Unbilligkeit oder gar eine Ungerechtigkeit war, indem daß ich meine: unser Herrgott hat die Welt gemacht und läßt sie im allgemeinen ihren Gang gehen, ohne daß er auf jeden einzelnen von uns achten tut. Na, und denn hat der eine, der es wahrhaftig nicht verdienen tut, Glück, und ein anderer hat Unglück über Unglück, ohne daß er weiß, wie er dazu kommen tut. Und wenn es damit ganz schlimm wird, dann sieht unser Herrgott das schließlich ein und macht das gut, soweit es geht.

Na, das ist ja denn dankenswert, und daderum bin ich wieder in die Kirche gegangen, weil ich das für meine Anständigkeit halten tat."

Der Pastor wollte etwas dagegen sagen, sie aber stand auf, schloß die Lade auf, nahm einen großen Briefumschlag mit vielen Marken heraus, legte alles vor den Prediger hin und sagte: „Mein Fritz hat mir geschrieben, daß es ihm drüben in Amerika gut geht. Er hat eine Farm, auch allerlei Geld, eine tüchtige Frau, eine Deutsche aus der Hamburger Gegend, und sechs gesunde Kinder. Er hat mir die Bilder da geschickt, und ich soll zu ihm kommen. Aber das will ich nicht; ich bin da zu alt zu und glaube nicht, daß ich mich da noch schicken kann. Und was soll Kollmann auch wohl anfangen, wenn ich nicht da bin? Der wird sowieso schon immer stümpriger. Und ich bin schon froh, daß es meinem Fritz gut geht. So habe ich doch e i n e Freude nach dem vielen Unglück."

Als der Geistliche dann von der Güte Gottes reden wollte, lächelte die Frau und schüttelte den Kopf: „Nee, Herr Pastor", sagte sie, „von Güte finde ich da nichts bei. Mein Mann wird davon nicht wieder lebendig und die Kinder auch nicht, und den Hof kriege ich davon auch nicht wieder. Aber man sieht doch den guten Willen, und daderum will ich meinen Groll fahren lassen. Nichts für ungut, Herr Pastor, aber das ist meine Meinung von der Sache, und dabei bleibe ich."

Als der Prediger nach Hause kam, sah er so ernst aus, daß seine Frau dachte, er habe einen großen Ärger gehabt. Aber er schüttelte den Kopf und sagte: „Ärger nicht, liebe Elfriede, aber einen herben Kummer und eine große Enttäuschung." Er erzählte ihr, was Frau Beckmann gesagt hatte, und dann murmelte er: „Es ist so, wie ich es immer sage: man bläst gegen den Wind an. Von außen sind es Christenmenschen, aber innerlich bleiben sie Heiden." Er seufzte und murmelte zuletzt: „Die Hauptsache ist, daß es im Grunde brave Menschen sind. Und daran wird Gott am meisten gelegen sein."

UNKRAUT

Wo die Ohlenhofer Feldmark zu Ende geht, hart an der Hower Grenze, stand vor Jahren ein Haus. Jetzt ist nichts mehr davon übrig, als ein Haufen Backsteine, zwischen denen Nesseln und Kletten wachsen.

Ursprünglich gehörte das Haus zu dem oberen Rappenhofe. Als die oberen Rappens ausstarben und auswärtige Erben den Hof erbten und aufteilten, weil sie ihn im ganzen nicht los wurden, wohnte erst der Arbeiter Hoyer darin, und als der nach Amerika auswanderte, der Gemeindekuhhirt Bernhard Klintmann, genannt der Holländerbernd; denn er hatte viele Jahre in der holländischen Fremdenlegion gedient. Mit einer kleinen Pension kam er nach Ohlenhof zurück, von wo er gebürtig war, verheiratete sich, war eine Reihe von Jahren Arbeiter und zuletzt Gemeindekuhhirt. Er war ein Mann von wenig Worten. Wenn er aufgefordert wurde, seine Erlebnisse zu erzählen, so sagte er: „Tja, da is nicht viel von zu sagen, als bloß das: schön war es nicht, und ich hätte besser getan, in Ohlenhof zu bleiben."

Als er starb, wollte niemand in dem Hause wohnen, weil es zu abgelegen und auch nicht mehr gut imstande war und der Brunnen kein gutes Wasser gab. Auch hieß es, der Holländerbernd gehe darin um; denn in seinen letzten Jahren war der alte Mann sehr wunderlich geworden. Wenn er bei den Kühen stand, arbeitete er oft mit den Händen in der Luft herum, als wollte er die Fliegen wegjagen, und mehr als einer hatte gehört, daß er laut gerufen hatte: „Das ist das Blut, das unschuldige Blut. Und ich bin da doch nicht schuld an. Der Soldat hat keinen Willen nicht." Als er so alt war, daß er nicht mehr mit den Kühen hinaus konnte und hinter dem Ofen sitzen mußte, wusch er sich den Tag über wohl zwanzigmal die Hände und brummte hinterher vor sich hin: „Es geht nicht ab, das Blut will nicht abgehen." Schließlich wurde er kindisch und weinte, wenn keins seiner Enkelkinder bei ihm war. Als er starb, zog sein Schwiegersohn nach Krusenhagen.

Nachdem das Haus einige Jahre leer gestanden hatte, schrieben es die Erben in der Zeitung aus und vermieteten es schließlich billig an einen Handelsmann Julius Swoda, der zuletzt in Walsrode gewohnt hatte. Es war ein langer, schloddriger Kerl, der keinen guten Eindruck machte und beständig ein schmieriges Grienen in seinem ganz mit Sommersprossen bedeckten Gesicht hatte. In Ohlenhof ließ er sich wenig sehen; denn zumeist zog er mit einem Hundekarren herum und kaufte Lumpen und altes Eisen auf. Er hatte bei seinem Hause ein Stückchen Land, auf dem er im ersten Jahre Kartoffeln pflanzte, die er aber zumeist in der Erde verfaulen ließ.

Anfangs kümmerten sich die Ohlenhöfer um ihn so gut wie gar nicht. Als aber in der Feldmark und auf den Höfen immer mehr gestohlen wurde, auch hier und da eine Gans oder ein Lamm abgängig war, beobachtete man Swoda. Aber so viel Mühe sich die Bauern auch gaben, es war ihm nichts nachzuweisen. Als bei der Mühle dreizehn Stück Linnen von der Bleiche gestohlen waren, hielt der Gendarm bei Swoda Haussuchung, fand aber weder die Leinewand noch sonstiges Diebesgut, nur altes Eisen, Lumpen und Knochen.

Der Verdacht blieb aber auf dem Lumpensammler sitzen, und er wurde weiter beobachtet. Man bekam heraus, daß er in Untersuchungshaft gewesen war, weil Anzeichen dafür vorlagen, daß er an der Ermordung des Milchhändlers Kreutzer beteiligt sein konnte. Er war aber, wie auch die übrigen Verdächtigen, wegen Mangel an Beweisen freigesprochen worden. Auch als bei Walsrode eine Bauernmagd abends niedergeschlagen und mit Gewalt verunehrt war, hatte das Gericht ihn in Untersuchung genommen; doch hatte er, wenn auch durch Leute, denen nicht zu trauen war, sein Alibi nachweisen können. Wenn er, was nicht oft der

Fall war, in seinem Hause wohnte, kamen in Ohlenhof und Howe Diebereien nicht vor, immer nur, bevor er wiederkam. Aber ob er inzwischen nicht irgendwo in der Nähe im Busche geschlafen hatte, das war nicht festzustellen. Eines Tages wurde bei einer Stokeljagd in der dichtesten Ecke der Hülsinger Wohld von den Treibern eine tiefe Erdhöhle mit einem Plaggendache und einem Lager aus Heide und Lumpen, sowie drei alte Pferdedecken gefunden, und als man die Umgebung absuchte, entdeckte man in einem Loche unter einer Fichte einen Haufen verrotteter und frischer Hühnerfedern und eine alte Mütze, die Swoda gehört hatte. Zwei Leute paßten drei Tage bei der Höhle auf, aber ohne daß es Zweck hatte, und so oft man später auch nachforschte, es war kein Anzeichen zu finden, daß ein Mensch unterdessen in ihr gewesen war; denn der Jagdaufseher von Krusenhagen, der das Nachsehen besorgte, hatte über den Eingang ein paar trockene Zweige so hingelegt, als wenn der Wind sie dahin geweht hätte, und die blieben Woche für Woche so liegen.

Einige Zeit darauf brachte der Lumpensammler sich eine Frauenperson mit, die er als seine Braut ausgab, und die mit Kartoffelrodern aus Westpreußen gekommen war. Er ließ sich mit ihr aufbieten und freite sie ordnungsgemäß. Am Morgen nach der Hochzeit kam die Frau barfuß und in Hemd und Unterrock und mit zerzausten Haaren zum alten Kruge gelaufen, weinte, daß es sie stieß, brachte aber auf alle Fragen weiter nichts heraus, als immer bloß: „Ein Teifel ist das, ein gottverdammtiger." Man gab ihr alte Schuhe, Strümpfe, einen Rock und was sie sonst brauchte, auch ein paar Groschen, und sie ging fort und kam nie wieder. Vierzehn Tage später wurde abends spät die Magd vom Lüttgensweershof, die bei ihren Eltern in Hülsingen gewesen war, in den Hülsinger Fuhren angefallen. Da sie aber ein stämmiges Mädchen war, konnte sie sich des Kerls, den sie nicht erkannte, erwehren. Sie gab aber an, ihrer Meinung nach sei es der Lumpensammler gewesen, und obwohl der schon über eine Woche unterwegs war und sich erst nach fünf Tagen wieder blicken ließ, so war jeder Mensch in Ohlenhof derselben Meinung wie sie. Swoda wurde verhaftet, mußte aber auf freien Fuß gesetzt werden.

In den Tagen, als er in Haft saß, kamen die Ohlenhofer Bauern zusammen und besprachen sich über ihn. Der Müller, der in Celle zu tun gehabt hatte, war bei dem Rechtsanwalt, der die Geschäfte der Rappenschen Erben führte, gewesen und hatte ihn gebeten, Swoda das Haus zu kündigen; bis ein anständiger Mieter gefunden sei, wolle er selber den Ausfall decken. Das ging aber nicht, weil der Lumpensammler noch auf ein Jahr Vertrag hatte. Als der Müller mit diesem Bescheid vor das Bauernmal kam, gab es allerhand böse Worte, und mehr als einer meinte: „Dann muß dem Hund das Dach abgedeckt werden, wie es früher Sitte war." Der Vorsteher aber sagte: „Ja, und dann haben wir das Gericht im Dorfe. Einmal wird der Kerl doch wohl anlaufen."

Am anderen Tage ließ er seinen Jagdwagen anspannen und fuhr bei allen Vorstehern der Nachbarsdörfer vor, und die machten es in der nächsten Zeit ebenso. Von dem Augenblick an war der Lumpensammler für den ganzen Gau tot. Kein Wirt verabreichte ihm weder Speise und Trank, noch nahm er ihn über Nacht, kein Geschäftsmann verkaufte ihm etwas, überall, selbst bei den kleinsten Leuten, wurde er abgewiesen, fragte er wegen Eisen oder Lumpen nach. Es dauerte nicht lange, so bot der Anwalt in Celle das Haus dem Müller an. Der aber wollte es nicht mehr. Neue Mieter fanden sich nicht. Die Hütejungen warfen die Fenster ein, die Zaunlatten, die Türen und Fensterflügel verschwanden nach und nach, weil der Vorsteher den Zigeunern den Platz zum Lagern anwies, und bei einer solchen Gelegenheit brannte das Haus auch nieder.

Auf den Trümmern wachsen jetzt Nesseln und Kletten.

DER RAPPENHOF

Ganz hinten im Bruche, mehr als eine Stunde von dem Dorfe entfernt, liegt der Rappenhof, der untere Rappenhof, wie er immer noch heißt, ob zwar es einen oberen Rappenhof nicht mehr gibt, weil der von den Erben aufgeteilt und verkauft wurde, als der obere Rappenbauer kinderlos verstarb.

Vor mehr als hundert Jahren zog der dritte Sohn von dem oberen Rappenhofe in das Bruch, wo damals wegen der unruhigen Zeiten Land fast für nichts zu haben war, und machte sich dort einen Hof, der der untere Rappenhof geheißen wurde.

Der Neubauer Rappen mußte sich tüchtig quälen, um in dem Bruche hochzukommen; denn er hatte mit der Nässe, dem Ortstein und dem kalten Fieber, das zu jener Zeit dort noch herrschte, schwer zu kämpfen. Da er aber gar keine Bedürfnisse hatte, mehr als sparsam war und soviel Kinder hatte, daß er keine fremde Hilfe brauchte, so war er ein gutes Stück vorwärts gekommen, als er mit fünfundachtzig Jahren die Füße zusammenlegte. Es wurde ihm freilich nachgesagt, er habe einen hohen französischen Offizier, der auf der Flucht vor den Kosaken im Bruche erfroren war, ausgeraubt und sei dadurch zu Geld gekommen. Was an diesem Gerede wahr oder falsch war, wurde aber nie offenbar.

Sein Sohn kam wieder ein großes Stück voran; denn er war ebenso genau und fleißig wie der Alte und dabei ein klüftiger Kopf, der aus allem Möglichen Geld herausschlug. So manchen Otter-, Fuchs- und Marderbalg nahm er mit, wenn er Torf, Holz oder Getreide nach Krusenhagen oder in die Kreisstadt fuhr, desgleichen Weiden- und Wurzelkörbe, die er und seine Leute gemacht hatten, ebenso Besen aus Birkenzweigen, Haide und Bickbeeren, die seine Kinder gebunden hatten, zudem Honig und Wachs von seinen Bienen, Fische und Krebse, Kienspäne und Fuhrenäpfel zum

Feueranmachen, Kiebitzeier, Waldbeeren und was es sonst noch in der Wohld und auf der Haide, im Bruche und im Moore gab. Als er die Augen zumachte, war der untere Rappenhof schon doppelt so groß und hatte Ackerland und Wiesen, die sich sehen lassen konnten.

Heute hält der Rappenhof den Vergleich mit fast allen Höfen im oberen Dorfe gut aus, den Dieshof, den Ludjenhof und die Mühle ausgenommen; denn er ist mit Wohld, Wiesen, Haide und Moor über tausend Morgen groß, und seitdem durch den Kanal das Bruch trocken gelegt wurde, ist sein Wert um das Vielfache gestiegen. Wo einst alles nasse Haide war, da steht heute Frucht, und die saueren Weiden sind zu Wiesen erster Klasse geworden.

Von dem Hofe selbst sieht man sowohl von dem ersten wie von dem zweiten Bruchwege, zwischen denen er liegt, wenig mehr als den Giebel mit den hölzernen Mährenköpfen an den Windbrettern, so versteckt liegt es unter den Eichen und Fichten und hinter dem hohen Hagen aus Machandeln, Hülsen und Holderbüschen, der sich hinter der mächtigen Mauer aus gewaltigen Findelsteinen erhebt und ihn gegen die übrige Welt abschließt, als wolle der Rappenbauer und seine Leute nichts mir ihr zu tun haben.

Das ist auch in Wirklichkeit der Fall; denn die Rappens halten sich von jeglichem unnötigen Verkehr mit den Ohlenhöfern zurück und sind in allem anders als die Leute vom oberen Dorfe. Das sieht man schon daran, daß die Mannsleute, sobald sie vom Militär zurück sind, sich den Bart stehen lassen, was in der Gegend bei den Bauern keine Sitte ist, im Winter ständig Kniestiefel und im Sommer hohe Gamaschen anhaben, niemals Mützen, sondern immer Hüte tragen und stets das Jagdmesser in der rechten Hosennaht stecken haben.

Denn Jäger sind die Rappens von jeher gewesen, auch die oberen Rappens, die ebenfalls, so weit man zurückdenken kann, absonderliche Menschen waren und sich von den übrigen Leuten im Dorfe nach

Möglichkeit fernhielten, weswegen dieselben Gerüchte über sie gingen, wie heute über die unteren Rappens. Man sagt ihnen nämlich nach, sie seien Heiden, und es scheint wirklich so, als wäre etwas daran. Ein Rappen kommt nämlich nur dann zur Kirche, wenn er getauft, eingesegnet, getraut oder begraben wird.

Das fällt in dieser Gegend, wo die Leute meist kirchlich gesinnt sind oder doch wenigstens so tun, sehr auf, und fast jeder neue Pfarrer hat sich alle Mühe gegeben, die Rappens zur Kirchgängern zu machen; doch ist es keinem geglückt, aus Pastor Wöhlers nicht, der wohl ein halbes Dutzend mal auf dem Rappenhofe war, sehr gut aufgenommen wurde, aber auch nicht mehr ausrichtete, als seine Vorgänger bei den Ahnen des Bauern. „Tja, Herr Pastor," hatte Rappen gesagt, wie der Geistliche es bei der Pastorenkonferenz erzählte, „wir haben zwei und eine halbe Stunde hin und ebenso viele zurück nach der Kirche, das sind volle fünf Stunden. Und dann gehen wir auch nicht gern unter die Leute, dieweil wir seit mehr als hundert Jahren hier im Bruche ganz für uns sitzen. Und schließlich kann man seinem Gott auch zu Hause dienen, meine ich."

Das ist aber nicht das einzige, was die Rappens von den Ohlenhöfern und den übrigen Leuten im Gau unterscheidet; es kommt noch allerlei dazu. Sie holen sich ihre Frauen seit Menschengedenken nicht aus der Nachbarschaft, sondern von weit her. Die Bäuerin stammt aus der Grafschaft Bentheim und die Altmutter ist aus dem Oldenburger Ammerlande gebürtig. Sodann verreisen die Rappens ab und zu, und man weiß nicht wohin, und bekommen dann und wann Besuch von Leuten, die kein Mensch in der Gegend kennt. Zudem haben sie Vornamen, wie sie weit und breit hierzulande nicht üblich sind. Der jetzige Bauer heißt Mangold, sein Vater hieß Dettmer, und dessen Vater Siebert, und die Frauen haben auch so unchristliche Namen, wie Hille, Lutberga oder Alycke.

Das Merkwürdigste aber ist, daß sie Mitsommer- und Julfeuer abbrennen, was in der Haide gar kein Brauch ist; denn man kennt hier nur Osterfeuer, und die werden auch nur von den Kindern abgebrannt. Aber wenn bei dem großen Stein, der auf dem Rappenhofe liegt, zur österlichen Zeit, um Johanni und am Heiligen Abend Flammen gegen die Himmel schlagen, dann tanzen und springen nicht die Kinder dort herum, sondern nur die erwachsenen Leute stehen mit ernsten Gesichern um das Feuer, das nicht mit dürren Ästen und alten Braken genährt wird, noch mit Kistendeckeln und Stroh, sondern mit gutem Holze und frischen Fichtenzweigen. Ein Knecht aus Fladder, der um solche Zeit dort vorbeikam, hat erzählt, der Rappenbauer hätte allerlei in die Flamme geworfen und dabei Sprüche gemurmelt. Was er aber gesagt habe, das hätte er nicht gewahr werden können.

Über dem Hofe steht eine alte Eiche, an die Dutzende von zum Teil ganz altmodischen Hufeisen genagelt sind, von denen viele schon sehr tief eingewachsen sind. Ein gelehrter Herr, der den alten Volksbräuchen nachgeht, erfuhr von Pastor Wöhlers davon, suchte die Eiche auf, sah sich auch den Rappenhof an und erzählte dem Pfarrer, daß er an den Torbalken eingehauene Zeichen und in dem Fachwerk runenartige Verstrebungen gefunden habe, die er ähnlich in Norwegen, Holstein, Westfalen und auch in Schwaben und in den Alpen angetroffen habe. Der Rappenbauer habe ihn recht freundlich aufgenommen, ihm aber auf seine Fragen dieselben tauben Antworten gegeben, die er anderswo bekommen habe. Er könne sich keine Vers auf seine Beobachtungen machen.

So leben die Rappens ihr geheimnisvolles Leben für sich abseits der Welt hinter Hecken und Hagen im wilden Bruche ganz allein, bis dann und wann einmal ein fremder Bauer nach Ohlenhof kommt, und mit einem Plattdeutsch, das die Leute nur halb verstehen, nach dem Rappenhof fragt. Wenn er dann weitergeht, sehen sie hinter ihm her, schütteln die Köpfe, nehmen ihre Arbeit auf und denken nicht weiter über den Fremden nach.

Wie die Leute vom Rappenhofe sich nicht um das

Dorf kümmern, außer in Gemeinheitsangelegenheit, so regen sich die Ohlenhöfer nicht um den Rappenhof auf, weil jeder mit sich selbst zu tun hat.

JAN

Der letzte Ausläufer der Geest, auf der das Dorf liegt, und der das Bruch von dem Moore scheidet, heißt der Heimster und das Holz darauf das Beekholz, weil der Mühlbach daran vorbei läuft.

Vor dem Bache erhebt sich ein Haus, dessen Ziegeldache man es ansieht, daß es noch nicht alt ist. Es gehört dem Arbeiter Jan Ehlerßen.

Der Mann stammt nicht aus der Heide, sondern aus dem Holsteinschen, ist aber schon eine Reihe von Jahren in Ohlenhof ansässig, wo er erst auf dem Dieshofe und dann bei dem Rappenbauern in Dienst stand. Auch heute noch tut er auf dem Rappenhofe Arbeit.

Jan, wie er gemeiniglich genannt wird, ist ein großer, breitschultriger Mann mit ganz hellem Haar und Augen so blau, wie man sie meist nur bei Kindern antrifft, und der ein paar Hände am Leibe hat, die noch größer und breiter als die vom Diesbauern sind, der doch weit und breit deshalb berühmt ist.

Daß Ehlerßen in Ohlenhof hängen blieb, ist eine Geschichte, die zur Hälfte lustig, zur Hälfte traurig ist, je nachdem man sie sich besieht. Das hat sich nämlich also begeben.

Als im neuen Kruge Erntebier war und es hoch herging, denn es war schon meist Glocke elf, tat sich die Tür auf und Jan Ehlerßen kam herein, stellte sich an die Tonbank, vor der ein Haufen Leute stand und einen Rundgang nach dem anderen trank, langte eine Flasche aus der Tasche und wollte sie sich voll Schnaps geben lassen.

Obgleich man es ihm ansah, daß er schon längere Zeit auf der Walze war, lud ihn der wilde Meyer aus Krusenhagen dennoch zum Mithalten ein. Als Meyer ihn fragte, wo er herkäme, antwortete er: „Aus Fallimholze bei Walzmichzutode," und alles lachte; denn man verstand gleich, daß er Fallingbostel und

Walsrode meine. Das war nun so ein Fressen für Meyer, der nichts lieber hörte, als einen lustigen Schnack, und er fragte den Stromer weiter: „Feinen Stock, den du hast; von welcher Art Holz ist er denn?“ Der Fremde griente und erwiderte: „Vogeltrittholz wird es genannt, wächst in der Welt gleich linkerhand. Vorige Woche, als Mondswillen schien, schnitt ich ihn ab bei Mutter Grün.“ So ging das mit Witzen und Reimschnäcken weiter, und der Tippelkunde mußte trinken und trinken, bis er mehr als genug hatte.

Es wäre alles gut gegangen, wenn der Schmied Kordes nicht dazugekommen wäre, dessen größte Freude es war, wenn er einen Menschen gehörig lang ziehen konnte. Das tat er auch bei dem fremden Wandersmann. Eine Weile ließ der sich das gefallen, aber schließlich merkte er es doch, daß er zum Narren gehalten werden sollte. Da schlug seine Laune plötzlich um, er wurde unangenehm, und als Kordes ausfallend wurde, warf er ihn mit einem einzigen Stoß so zwischen die Stühle, daß der Schmied die Beine über sich schlug. Nun sollte er an die Luft gesetzt werden, aber das war nicht so einfach; denn das junge Volk flog unter seinen Fäusten nur so hin und her.

In diesem Augenblicke kam der Diesbauer aus dem Saale, packte ihn von hinten an die Arme, hielt ihn fest, ein paar andere Leute faßten ihn bei den Beinen, und so brachte man ihn auf Anraten des Diesbauern in die Scheune und schloß ihn ein, damit er weiter keinen Unfug anstelle könne. Er schimpfte und klopfte noch eine Weile, gab sich dann aber zufrieden. Als er am anderen Morgen herausgelassen wurde, war er vollkommen nüchtern und ganz umgänglich, nahm mit Dank einen Teller Suppe an, schüttelte, als er vernahm, wie es ihm gegangen war, den Kopf, entschuldigte sich damit, daß er auf nüchternen Magen zu viel Bier und Schnaps habe trinken müssen und ging nach dem Dieshofe.

Der Bauer, der just beim Frühstücken war, machte runde Augen, als er ihn über die Diele kommen sah; denn er meinte, der Fremde wolle ihm zu Leibe. Der aber bot höflich die Tageszeit, streckte dann Dies seine gefährliche Hand hin und sagte, indem er wie ein Kind lachte: „Ich wollte mich auch schön bedanken, tja, denn sonst, wer weiß, ob ich nicht Mallör angestellt hätte, tja. Und dann wollte ich mir auch den Mann ansehen, der mich gebändigt hat. Denn bisher hat das noch kein einer Mensch fertig bringen können, tja."

Dem Bauern, der sich sonst landfremdes Volk am liebsten sieben Schritte vom Leibe hielt, gefiel der Mann, und so lud er ihn zum Niedersitzen und Mitessen ein. Er tat das nicht bloß aus gutem Herzen, sondern weil er die letzte Woche einen Knecht, der nicht gut tun wollte, entlassen hatte, und weil tags darauf der andere Knecht von einem Pferde geschlagen war und für Wochen keine Arbeit tun konnte. Dem Bauern war das um so ärgerlicher, als er gerade dabei war, den großen Windbruch in seinem Holze aufzuräumen, und ihm nun vier Hände fehlten. Da der Fremde Fäuste hatte, denen man es ansah, daß sie etwas leisten konnten, und da er auf Arbeit ausging, so nahm er ihn an.

Es sollte ihn nicht gereuen; denn Jan Ehlerßen scharwerkte für drei Mann. Da er nicht nur mit Axt und Säge, sondern auch mit Pferden und Pflug, Säelaken und Sense umzugehen verstand, blieb er auf dem Dieshofe, als der Windbruch schon längst aufgearbeitet war, trotzdem der Bauer wußte, was für einen Mann er als Knecht hatte. Es war ihm auffällig, daß Jan zuzeiten dunkle Augen und einen engen Mund hatte, kein Wort herausbringen konnte und sich in aller Ruhe einen antrank, am anderen Tage aber ruhig wieder an die Arbeit ging und ein anderes Gesicht hatte. Der Bauer merkte es ihm an, daß er etwas Schweres hinter sich habe, und da er, wenn er es wollte, jedem Menschen die Zähne aufbrechen konnte, so bekam er es schließlich heraus, was es war.

„Tja, Bauer," sagte Ehlerßen und sah Dies mit seinen blauen Kinderaugen groß an, „tja, eigentlich wollte ich dir das schon von selbst verklaren, indem mich das drückt, daß ich eine Heimlichkeit vor dir habe, indem du doch in jeder Weise gut zu mir bist. Tja, das ist nu' so: Ich habe nämlich einen totgeschlagen." Er sah auf seine schweren braunen Hände und fuhr fort: „Tja, eigentlich wollte ich das nicht; aber ich habe nicht an meine großen Kräfte gedacht, und denn war ich auch zu doll in Zornigkeit. Tja, er hatte nämlich schlecht von meiner Frau gesprochen, als wenn sie, na, so'n Lottchen war, und mich damit geuzt. Und so kam denn das so, tja. Also dafor mußte ich denn sitzen, tja. Lange gerade nicht, von wegen mildernde Umstände, wie die Herren vom Gericht sagten, und denn auch, weil der Mann keinen guten Ruf hatte, tja. Und denn, denn kam ich frei, und die Frau und das Kind waren tot, an der Cholera; denn das war nämlich da bei Hamburg. Tja, so war das nu'. Und denn, tja, denn wurde es mir kundbar, daß der Mann recht hatte, tja, und daß ich ihn für umsonst totgeschlagen hatte, tja; denn die Frau war früher so eine gewesen, weißt du, und wenn ich auf Arbeit war, trieb sie ihr Schandwerk weiter, tja. Na, und da hatte ich so recht zu nichts mehr Lusten und bin denn so ins Bruch gekommen, tja. Und nun weißt du Bescheid, tja."

Der Bauer hatte ernsthaft zugehört. Als Jan fertig war, sah er ihm in die Augen, schlug ihn auf die Schulter und sagte: „Kopp hoch, Jan! Schicksal ist Schicksal! Bist ja noch ein junger Kerl. Und nu' woll'n wir wieder an die Arbeit und da nicht weiter an denken!" Von dieser Zeit an zog er den Knecht näher an sich heran, zumal die Kinder an Jan sehr hingen, einmal seiner Ziehharmonika wegen, mit der er gut fertig wurde, und weil er ihnen nach Feierabend oder Sonntags Geschichten erzählte und Spielsachen machte. Als die kleine Lena schwer an der Halsbräune lag, mußte Jan die Arbeit liegen lassen und Tag und Nacht bei ihr sitzen und ihre Hände halten; denn sonst fing sie an zu weinen: „Jans Hände haben mehr geholfen, als meine Rezepte," sagte Doktor Hilpert zu der Bäuerin hinterher.

Es gingen einige Jahre in das Land. Jan tat seine Arbeit, gab das Trinken auf und hielt sich ganz für sich, ging auch den Frauensleuten aus dem Wege, obgleich mehr als eine hinter dem stattlichen Kerl hersehen mußte. Es war im Dorfe meist schon vergessen, daß er mit einem Rock und einem Stock angekommen war; er galt völlig als Dorfsasse und hätte so leicht keinen Korb bekommen. Aber er ging um die Mädchen herum, ohne deswegen abstoßend zu sein. Denn wenn ihm auch eine gefiel, so mußte er doch immer daran denken, wie er betrogen war, und welche Schuld er darum auf sich geladen hatte.

Schließlich kam es aber doch so, daß er bei einer hängen blieb, nämlich bei Wiebens Durtjen, die auf dem Rappenhofe diente. Er freite sie, und da der Hausmann vom Rappenhofe just gestorben war, trat er dessen Stelle an, obschon der Diesbauer ihn nicht gern ziehen ließ. Er sparte sich allerlei Geld, und da seine Frau auch etwas hinter sich gebracht hatte, so dachte er daran, sich eine eigene Stelle zu kaufen. Das war aber nicht so leicht; denn kein Bauer gab ohne Not Land ab, und wenn er noch so viel öde liegen hatte.

Eines Tages fuhr der Erbe vom Dieshofe mit dem Heuwagen den Anberg in das Bruch hinunter, und da die Bremsen den Tag ganz besonders schlimm waren, machten sie die Pferde so wild, daß sie durchgingen. Wenn Ehlerßen nicht dazugekommen wäre, wäre es mit Dieswillem aus und alle gewesen; denn er war zwischen Deichsel und Schwengel gefallen. Aber Jan fiel dem Sattelpferd in die Zügel und brachte es mit einem Ruck von den Beinen, so daß der Wagen stand.

Am selben Abend kam der Diesbauer auf den Rappenhof, gab Jan die Hand und sagte: „Du sollst bedankt sein, Jan! Und nu' hör' zu: Ich habe vernommen, daß du dich auf deine eigene Stelle setzen willst, aber kein Land kriegen kannst. Ich habe nu' das Stück auf dem Heimster dazumalen gekauft, als der Tormannsche Hof aufgeteilt wurde, obgleich ich Land genug hatte. Aber ich wollte nicht, daß der Herr aus Celle, der in der Zeit die Bruchjagd hatte, es kriegte, wo er nicht mit herauskam, wozu er es haben wollte, und es doch sein konnte, daß er hier neue Methoden einführte, oder uns sonst unbequem wurde. Der Boden ist nicht schlecht, indem Post da wächst und die Eichen gut fortkommen, und frisches Wasser ist auch da. Also, wenn du Lusten hast, kannst du das Land anhaben, und so, daß dir das Abzahlen nicht schwer wird."

So ist Jan Ehlerßen, der Stromer, der Totschläger, der Mann ohne Haus und Heim, der mit einem Rock und einem Stock in das Dorf kam, Anbauer in Ohlenhof geworden. Er muß sich tüchtig quälen, um voran zu kommen. Aber da er vor der Arbeit nicht fortläuft und seine Frau ebenso fleißig ist, wie er, so kommt er langsam, aber ständig vorwärts, und sein zweiter Erbe wird einmal den Kopf ebenso hoch halten können, wie die Viertelmeier oben im Dorfe.